JN221877

評伝　吉野せい
メロスの群れ

小沢美智恵

Single Cut Publishing House

メロスの群れ

評伝 吉野せい

〈目次〉

第一章　恐るべき文学

——私が衝撃されたのは、その作品自体である。小説であって所謂農民小説ではなく、記録であっても単なる記録でない、これらは怖ろしい文学である。

（草野心平）

遅すぎたデビュー

昭和五十年（一九七五）、福島県いわき市在住の農婦・吉野せいが短編集『洟をたらした神』で第六回大宅壮一ノンフィクション賞と第十五回田村俊子賞を受賞したとき、世間は驚きの声をあげた。

文壇とは縁もなく生きてきた「百姓バッパ」が、七十代半ばになって刊行した本だったからというだけではない。その作品が、これまでの文学者の誰ひとりとして描きえなかったような生活の重みと、鋭い切れ味の文体を持っていたからだ。

書かれている内容は、二十二歳で開拓農民・吉野義也と結婚した彼女の、「無資本の悲しさと、農村不況の大暴れ時代の波にずぶ濡れて、生命をつないだのが不思議のように思い返され」（吉野せい『洟をたらした神』あとがき）る生活そのものといっていい。生涯のほとんどを農作業と四男三女の養育に費やした彼女が、その体験を題材として、「貧乏百姓たちの生活の真実のみ」を描いたのがこの作品集である。

大宅壮一賞の選考委員たちがどんな評価を下したか、ここで選評（『文藝春秋』昭和五十年五月特別号）を見てみよう。彼女の作品がどんなものなのか、そのアウトラインを教えてくれる。

《七十五歳になるお婆さんの農婦としての生涯の回顧だが、一刀彫の木彫にあるような簡勁さと渓流のさやぎのようなみずみずしさにうたれる。〝物〟に手を触れて生きぬいてきた人の文品はこれほどまでになるかと思わせられる。どん底を描いたものはしばしば悪モタレがのこり、それを〝迫力〟と誤解しがちなものだが、微塵もその気配がない。そして、短文の連鎖にすぎないのに時代時代の風貌があざやかに浮彫りされていてみごとである。（略）これは怖るべき老女の出現である》

（開高健「恐るべき老女」）

《一読、あっと驚いた。一つ一つのことばの選択が見事なのである。志賀直哉の作品は、一字一字が、紙面に食いこんでいる、というのを昔、なにかで読んだことがあるが、まさにその思いであった。
しかも作者は七十五歳だという。しばらくペンをとらず、久しぶりで、ここ二年間で思い出しつつ書きとめたというのであるが、それがそのまま日本の農村の年代記になっており、記憶力の素晴らしいことにも驚かされた。こういうのを凜質(りんしつ)—天賦の才能というのかも知れない》

（扇谷正造(おおぎやしょうぞう)「天賦の才能ということ」）

《氏の資質が生活を深耕してみせた果実、というほかはない。工夫の、努力のという水準の作品ではなく、感性の切尖(きっさき)が切りひらいてゆく〝生きざま〟そのものの記録である。日記のあとに日付がついており、一節を読んではその日付の新しさに、日本の変態をスロー・ビデオで見る楽しさも加わる。今後、得難い作品かもしれない》

（草柳大蔵(くさやなぎたいぞう)「選評雑感」）

《表現で、かたくななまでに個性的なのが、「洟をたらした神」であることに異論はあるまい。まさに好個の短篇集で、芥川賞がふさわしいとも思えるが、各篇の終りに、対象となった自然なり、人事なりの存在した時期（執筆の時期ではない）が記入されているように、記録としての性格が濃厚で、それがそのまま、文学作品たりえているところに、きわだった特色がある。（略）遠い外国のはてまで出かけなくても、見ること、考えることは、足もとにどっさりころがっていることを教えてもらっただけでも有益である》

（臼井吉見（うすいよしみ）「表現に関心を」）

これらの選評を見ると、吉野せいの文学がいかに特異なものであるか伝わってくるだろう。北鎌倉の東慶寺で行われた田村俊子賞の贈呈式では、選者の草野心平（くさのしんぺい）が「自分の経験した思い出を、これ以上求められない純粋率直な筆で書いた希有の文学」（『福島民報』昭和五十年四月十七日）と絶賛し、出版された本の帯には、「私が衝撃されたのは、その作品自体である。小説であって所謂農民小説ではなく、記録であっても単なる記録でない、これらは怖ろしい文学である」という文章を寄せた。

また、東京の新橋第一ホテルで行われた大宅壮一ノンフィクション賞授与式に出席したいわき民報社の小野姓広によると、選考委員のひとりでもある沢村三木男・文藝春秋社長は、「大宅賞受賞の中で最年長で記録的なことです。（略）今後もみずみずしいペンを振われ、年下の老人に活を入れて下さい」（「大宅壮一ノンフィクション賞　受賞パーティーにのぞんで」『6号線』創刊号）と、受賞者が二人いるのにもかかわらず、もっぱら彼女に焦点をしぼって称えたという。

こんなふうに選考委員全員が激賞しての授賞というのは、案外めずらしいものだ。これらの高い評価に加えて、作者が高齢であることや文学畑ではない開拓農民としての経歴が、サクセス・ストーリーとして世間の注目を集め、話題を呼んだといえるだろう。

せいの受賞は新聞・テレビで大きく報道された他、各種週刊誌では、「婆さんパワーのお通りだい」（『週刊文春』昭和五十年三月二十六日）、「七十五歳の百姓ばあさんの〈人生はこれからです〉」（『女性セブン』昭和五十年三月二十六日）といったタイトルで紹介記事が載り、『文藝春秋』（昭和五十年九月）では、「吉野せいさんの日常」と題して六ページもの巻頭グラビアが組まれた。

せい自身も、この二年後に出版された作品集『道』の「あとがき」で、「二つの賞を受けた私は、既知未知の沢山の読者から懇ろなお便りや来訪をいただき、また、報道関係の方や、その他多くの知名人の訪問を次々と受けて、息つくいとまもない日々をただ途方に暮れる思いで過しました」と回想している。

吉野せいの日常が紹介された『文藝春秋』（昭和五十年九月）のグラビア

この受賞騒動ともいえる出来事があった当時、わたしは六畳一間のアパートに住む貧乏学生で、電話や風呂がないのはもちろん、テレビや新聞もない生活をしており、彼女が「時のひと」になっていることなど少しも知らなかった。

受賞後一年が過ぎたころ、書店の棚で見つけて手に入れたのが、わたしと『涙をたらした神』との出会いだった。

そのころのわたしは自分の本棚に蔵書が増えていくのが喜びで、少ない仕送りをやりくりしては本を購入していた。が、買うのはもっぱら文庫本や古本で、新刊の単行本にはなかなか手を出せなかった。買おうか買うまいか迷ったあげく、結局書棚に戻すということも少なくなかったから、この本にはわたしに購入を決心させるだけの何かがあったのだろう。

それが何だったのか、今となってははっきりわからないのだが、せいの発見者の一人である串田孫一（くしだまごいち）の「序」が決め手のひとつだったことは確かだといえる。何度読んでも、すばらしい誘（いざな）いの文章なのである。

串田は、「書くことを長年の仕事としている人は、文章の肝所を心得ていて、うまいものだと感心するようなものを作る。それを読む者も、ほどほどに期待しているから、それを上廻るうまさに驚く時もあれば、また、期待外れという時もある」と書きおこす。

そして、「ところが吉野せいさんの文章は、それとはがらっと異質で、私はうろたえた。たとえば鑢紙(やすりがみ)での仕上げばかりを気にかけ、そこでかなり歪みはなおせるというような、言わば誤魔化しの技巧を秘かに大切にしていた私は、張手を喰ったようだった。この文章は鑢紙などをかけて体裁を整えたものではない。刃毀(はこぼ)れなどどこにもない斧で、一度ですぱっと木を割ったような、狂いのない切れ味に圧倒された」とその文体の本質に迫る。

さらに、「私は唖然とした。二度読んでも、何度読みかえしても、ますます唖然とした。そして体が実際にがくがくし、絞り上げられるような気分であった。『洟をたらした神』が最初であったが、この本に入れてある十七篇の作品は、去年から今年の初夏にかけて、三、四篇ずつ私の手許へ送られて来た。私も段々に慣れて来てもよさそうなのに、その都度、最初の時と同じように狼狽した。(略)何かを惜しんで切り売り作業のようなことをしている人間は、羨望だの羞恥だの、ともかく大混乱である」と自分の驚きをまっすぐに語るのである。

こんな「序」を読んで、心動かされない人間がいるだろうか。

アパートの部屋に戻り、表題作「洟をたらした神」を読んだとき、わたしはいきなり脳天を殴りつけられたような気持ちになった。次の作品、そのまた次の作品と読んでも、衝撃は少しも減じない。何か大きなものに対峙し、叱られているようで、涙がとめどなく溢れたことを、今でもはっきりと覚えている。

『洟をたらした神』を刊行した彌生書房発行の雑誌『あるとき』の吉野せい特集号に、作家・宮本輝も、「その一冊の本が私に与えたものは、いったい何であったろう。（略）私は『洟をたらした神』を、薄暗い三畳の間にうずくまって、何度も何度も読み返した。七十五歳の百姓バッパの一言一句は、彼女の阿武隈山脈の一隅にふるいつづけた渾身の鍬の力をもって、私の中の何物かをくつがえしてきた」（「不思議な花火」『あるとき』第七号）と書いている。

児童文学者・清水眞砂子は、中公文庫『洟をたらした神』の解説で、「吉野せいは作品の中からぐっと手を伸ばし、私の肩をわしづかみにして、揺さぶる」と表現しているが、多くの人がそんな体験をしたということだろう。

大宅壮一賞の選考委員しかり、「序」を書いた串田孫一しかり。

文学者ばかりではない。せいの死後四十余年が過ぎた今も、インターネットで「吉野せい」をキーワードに検索すれば、彼女の作品に心揺さぶられた読者の声がいくつもいくつも出てくる。

わたしもこれまで短編集『涙をたらした神』を何度も何度も読み返してきた。

そのたびに心の底を深く刺しつらぬかれ、居住まいを正さざるをえなくなるこの「恐るべき文学」は、いったいどこからきたのだろう。

第二章　怒を放し恕を握ろう

――しずかであることをねがうのは、細胞の遅鈍さとはいえない老年の心の一つの成長といえはしないか。

（「老いて」）

入植の地

吉野せいが開墾生活を送った住居跡は、阿武隈山系の末端に位置する、福島県いわき市好間町北好間字上野九十にある。

ふもとから急な坂道を上って開けた台地に出ると、なだらかな菊竹山を背景に畑が広がり、住宅がぽつりぽつりと建っている。せい夫婦が切り開いた当時は雑木と藪ばかりの荒地で、台地全体に三軒の開拓農家が遠く離ればなれに住んでいただけというが、今はごくふつうの農村風景だ。

電気も水道も通っている。道路はすべて舗装され、畑の前まで車で乗りつけることができる。

平成二十二年（二〇一〇）の初夏、車のナビを使ってはじめてこの地を訪れたとき、わたしは住居の場所がわからず、近くの家の門の前にいたその家の主婦らしい女性に、三野混沌（みのこんとん）の詩碑の所在を聞いた。

三野混沌とはせいの夫・吉野義也の詩人としての名前で、せいの作品を通じ、その詩碑が住居前の畑の一隅に建てられていることを知っていたからだ。

女性はわたしを見ると、「あるにはあるんですが……あの、お一人ですか？」とひと息おいて、「教えるのはいいんですが、ちょっと危ないんです」とためらうそぶりを見せた。訳を聞くと、碑はこのすぐ先にあるが、猪が出るのだという。それほど危険なのですかと尋ねるわたしに、「このまえ一頭つかまったので、もう大丈夫とは思うんですが、くれぐれも用心して下さいね」と、女性は心配そうな顔で碑の在りかを教えてくれた。

示された場所に行くと、草原に埋もれるようにして、直方体の台座に丸い山型の石の据えられた碑が見えた。なるほど、そのすぐ脇に大きな檻（おり）のような箱罠が仕掛けてある。

正面に立つと、ほの白い丸石に嵌め込まれた黒みかげの碑面に、「天日燦（てんじつさん）として焼くが如し　出でて働かざる可からず　吉野義也」と刻まれている。草野心平の筆による太くて勢いのある文字である。

碑と罠の右手には廃屋が二棟あり、それが吉野せいと吉野義也（三野混沌）が家族と住んでいた家だった。

吉野義也（三野混沌）の詩碑と箱罠

――ふもとの町から四キロほどしか離れていないのに、まだ猪が出るのだ。
平地であれば一時間ほどで歩ける距離である。わたしは、この土地でせいはあれらの作品を書いたのか、と見通しの良い場所を選んでしゃがみ込み、辺りを見まわした。まだ原野だったこの土地を、若き日のせいと混沌は、骨がきしむほどの労力を注ぎ込んで切り開いたのだ。『洟をたらした神』所収の作品「春」に次のような一節がある。

開墾は藪を刈り払って墾す時に、そのまま唐鍬(からすき)で一鍬一鍬ひっくり返すだけなら能率は上がるのですが、雑草雑根がかたまりついていて、整地をするために叩きこわす時に非常に手間がかかるのです。その点二段返しという墾し方、つまり最初に鍬で切り込めるものだけをけずってうないこみ、その上から灌木の根っこや茅(かや)の根塊、篠竹の根茎などを墾してかぶせる。のろい二重の手間のようですけれど、さらけた土塊が凍みくずれていて、その根っこを叩いて土を落とし、竹の根をかき集めると大体の畑は出来上がっています。人に聞いたり経験や工夫で二段返しの開墾をやるようになってから、新切り叩きは楽になりました。楽といっても普通畑に鍬を入れるようなさくさくした生やさしいものではない。土は粘土まじりのごろごろです。掘り散らかされてある石も取り集めねばなりません。藪のうちは解らなかったが、平地にして見ると乾湿地の不様な高低がはげしく目立ちます。近いところはスコップや万能でほうり上げながらならします。ひどい湿地は溝を掘り上げて排水をはかり、高みの部分から古むしろをモッコにして少しずつ土を運んでならします。骨の折れる仕事でした。

このようにして成った土地なのである。この畑の大部分を夫婦はやがて土質に合った梨畑に変え、せいは最晩年まで五十余年にわたって梨作りに精を出した。

しかし、今、その梨の木は一本も残っておらず、家屋のまわりはただ草ぼうぼうの荒地になっている。

風に吹かれ、その場にしゃがみ込んでいると、土と草の匂いがし、いろいろな虫が草を伝い、地を這っているのが見えた。ときおり遠くから車の音が聞こえてくるほかは、風の音しかしない。

――ここで一日中畑仕事をしながら、せいは時おり手を休めて菊竹山を見上げたのだ。わたしは顔をあげて、思いのほか低い山を見、重い腰をあげた。

猪の罠に怖気づいたわけではないが、女性の忠告も無視はできない。家の周囲を用心しながら見終わると、この日はそれで切り上げ、菊竹山の下方にある吉野家の菩提寺・龍雲寺の墓に詣でて、千葉市の自宅に帰ってきた。

翌年の平成二十三年（二〇一一）三月十日は、せいが結婚するまで過ごしたいわき市小名浜の生家や、一時期勤めた郵便局、小学校の周囲を巡った。建物は生家をのぞいて近代的な建物に姿を変えていたが、それらはすべて車で数十分内の距離にあった。せいが生涯いかに狭い地域で生きたか、それを実感した行程だった。

その後いわき総合図書館でせいの資料にあたり、すぐ近くのホテルに泊まったわたしは、翌十一日、せいの生家のある小名浜を回った後、彼女が水を汲んだ沢への道や、近くの中学校から下肥をもらいかついだ道を実際に歩くつもりで、再び菊竹山へ向かった。住居や畑の跡ももっとくわしく見たい。しばらく留まって土の感触や日の移ろい、風の流れも感じたい。そう思い、アスファルト道路から人のいない荒地に踏み入ったときだ。土が柔らかくなっていて足がずぶずぶと沈んでしまうのを、一足一足引き抜くようにして歩いていると、通りかかった七十歳代くらいの女性が不思議そうにこちらを見た。他人の敷地に入っていたわたしは、怪しい人物だと思われはしないかと思って、

「吉野せいさんの愛読者なので、お住まいの跡を撮らせていただこうと思って……」

と、手にしていたカメラを掲げてみせた。

すると女性は、「あ、知ってます」とうなずくではないか。

「えっ、生前のせいさんをご存知なんですか？」

わたしはおそらく、期待に目を輝かせていたのだろう。

女性は申し訳なさそうに、せいをよく見かけはしたが直接話したことはない、茶飲み話をするような人ではなかったと答えると、近所によく知っている人がいるからそこで聞いてみたら、と先に立って歩き出した。

道をはさんだ斜め向かいの家の前に立つと、女性はいきなり玄関戸をがらがらと開けて、

「この人、吉野せいさんの家を訪ねてきたんだって」

と大きな声で取り次いでくれた。

出て来たのは、やはり七十歳代くらいに見える女性だった。

「ああ、お父さんなら混沌さんと懇意にしていたので、いろいろ話してあげられたんだけど、今留守にしていて」

そうことわりながらも、女性はわたしの目を見て、自分の知っていることを話してくれた。

「せいさんですか、きつい人でした。うちのなんかは鬼婆、鬼婆って言って。でもね、わたしはせいさんの気持ちがわかるんですよ。働き者で、ほんとうによくいられると思うくらい、一日中畑にいましたからね。朝から晩まで働きづめですよ。それなのに旦那の混沌さんは、わたしが出かけるとき、草採りしながら帳面なんか出して何か書いてて、わたしが用足しを終わって帰ってきても、まあだ行きと同じ場所で帳面広げてましたからね。半日は経ってましたよ。草なんかいくらも抜いてないでしょ。あれじゃあ、鬼婆にもなりますよ。そりゃあ苦労してたです。でもね、年取って、畑は息子がやるようになって、本を書いてからは幸せでしたよ。下の郵便局に葉書を出しに行くのによく出会いました。中学生くらいの人まで手紙をくれるんですって。返事をあげなくちゃ可哀想だからっていって、ちゃんと自分で返事を書いて出してました。最初の家は赤土の荒壁のほんとに小さな掘立小屋でね、今の家の裏にありましたが、もう取り壊してしまいました。でも、本を書いたのは今残っているあの家です。梨の木ですか？　ええ、家の前一帯にあったんです。でも全部切っちゃってね。せいさんが苦労して作ったものは、畑も梨の木も何にもないの。旦那さんの碑はあっても、せいさんのは何にもないですよ」

わたしが、けれども作品は残りましたね、吉野せい賞という文学賞もできたし、とつぶやくと、女性は、

「残ったといえば、うちにせいさんの書いた色紙があるんです。限られた枚数のうちの一枚だそうですが、見ますか？」

と家の中にもどり、スタンド式になっている木枠入りの色紙を、コンクリートで固められた玄関の前に置いて披露してくれた。

筆文字で、「怒を放し恕を握ろう」と書いてある。

あ、とわたしは思わず声を出した。せいの関連書籍や図録などで何度も見たことのある言葉だったが、その生涯を見渡すうちに、この言葉こそが彼女の文学を考えるうえでの鍵ではないかと思うようになっていたからである。

『広辞苑』によれば、「怒」とは「①おこること。いきどおること。②勢いの激しいこと」。「恕」とは「①思いやり。②ゆるすこと」である。

せいが実際に生活していた土地で、偶然のようにその色紙が目のまえに現れたことが、わたしには不思議な巡り合わせのように思われた。

せいの作品には、この「怒を放し恕を握ろう」という言葉を自分に言い聞かせているような、反省めいた文章が突如としてあらわれるのである。

たとえば、七十四歳のせいが自分の来し方を振り返った掌編「老いて」には、次のような一節がある。

憎しみだけが偽りない人間の本性だと阿修羅(あしゅら)のように横車もろとも、からだを叩きつけて生きて来た昨日までの私の一挙手一投足が巻き起こした北風は、無蓋な太陽のあたたかさをさえ、周囲から無惨に奪い去っていたであろうことを思い起こし、今更に深く恥じる。

また、混沌の三回忌が碑の前で開かれたときの感慨を描いた「青い微風の中に」には、後に掲げるような文章が出てくる。

畑にむしろを敷き、ヨシズを張った手作りの席で、せい夫婦ゆかりの二十余人が、皆いい気分で酔い、語り、笑っている。空は青く、白い雲がゆるい微風でときおり西から東へ流れている。風に酔い、緑に酔い、酒に酔って語り疲れた草野心平が、じっと流れ

菊竹山の吉野せいの住居跡

「怒を放し恕を握ろう」の色紙

る雲を眺め、「見ろよ、何てやさしい雲だ。ああ阿武隈の優しい雲だ——いまの混沌はあんな雲かも知れないな」といつまでも空から目を離さない。せいも一緒にその雲の姿を追っているうちに、「ぞくっとした場ちがいの氷雪で心が凍った」というのだ。

微笑に和む今のこの眼の裏側に、焔を吐いたむかしの形相が浮び上ってくる。

苦境に堪えると見せかけて、実は悲鳴をあげ続けた、奢りたかぶった過去の自分の弱い姿を、今わたしは無慈悲にひきずり出し、その汚いむくろを空天にさらして、からすどものえじきにでもして跡形もなくこの世から消してしまいたい思いがした。

これらの自己批判ともいうべき自省的な文章は、いったい何を意味するのだろう。「阿修羅のように横車もろとも、からだを叩きつけて生きて来た昨日までの私」、「苦境に堪えると見せかけて、実は悲鳴をあげ続けた、奢りたかぶった過去の自分」、それがどんな姿だったのか、せいは作品内で具体的には語っていない。

だからだろう。せいの追悼記や評伝では、必ずといっていいほどその叙述の背景に横たわる「事実」に目が向けられる。

鬼婆伝説

そこで浮かび上がってくるのが、せいと夫・混沌との晩年の確執である。

たとえば、せいや周囲の人間から直接話を聞いている新藤謙（しんどうけん）は、二人の生涯をたどった著書『土と修羅』に、混沌が友人たちに「あれは鬼婆だ」、「悪魔だ」、「極と極を往復する女で中間がない」とこぼしていたというエピソードや、四男・誠之（せいし）の語った次のような談話を載せている。

おやじを尊敬はしていたが、一軒の主人として、あれでは困ると思う時がずいぶんあった。母は武士気質というか、きついところがあり、それには反撥を感じた。が、また一方反撥できない権威を母はもっていた。（略）しかし、父をやりこめる程度が過ぎると、そこまでいわなくてもいいのに、と父の肩をもつ時もあった。

また、混沌と古くからのつきあいだった真尾悦子（ましおえつこ）は、雑誌『あるとき』のせい特集号に、目の悪い混沌に贈ってほしいと、知人から預かった大型懐中電灯を渡したときの逸話を紹介している（「悼み」『あるとき』第七号）。

混沌に贈り主の名を聞かれ、「二見せい」と答えた彼女に、彼は「ナニ、せい、だとオー、せい、なンという名前は聞きたくもねえ。うちの鬼婆ひとりでたくさんだ」と冗談とは思えない口調でいったというのだ。

真尾は、「私はあっけにとられて彼を見た。（略）絶句した彼の、皺ばんだ、かぶさり加減の瞼が、三角に立っている。寒い夕景だったが、彼は素面である。とても冗談とは思えない。（略）初めて見る、そのトゲトゲしい表情に圧倒された私は、バツのわるい思いで視線をはずした」と回想している。

いわき在住の詩人を研究していた斎藤庸一（さいとうよういち）も、昭和三十四年（一九五九）、混沌が六十五歳のときに話を聞いてまとめた「三野混沌覚書」（『詩に架ける橋』）に、彼から六十九冊のノートを見せられた際のことを書きとめている。

ノートはきれいに整理された詩人の草稿ではなく、「全部をそれにたたきつけているといったような、生きた人間の、醜いが真実の、手垢で汚れた、いや血で汚れたといってもいい、そんなノートだった」という。

斎藤は一か所一か所と拾い読みしているうちに、「家族との葛藤や悪罵や、性の嘔吐や生活に対する憎しみやが落書のように走りがきされて」いるのを見て、だんだんに頁をひらくことをやめてしまった。すると混沌は、「活字になってから、婆さんの悪口かいてあって、読まれると困ることもある」とつぶやいたという。

一方、夫婦の友人で混沌碑の建立にも尽力した元・社会党参議院議員大河原一次(おおかわらいちじ)が、『あるとき』のせい特集号に寄せた文章にはこんな箇所がある。


梨畑で草採りをしながらせいさんは私にこう言った。

「近頃は近所の人まで誰れいうともなしに冷たい女だ情なし女だと人伝てに耳にする。私にのみ冷やかな目が注がれてる様な気がしてならない、そしてこの人々に対する私の反抗意識はつのり、そのことがそのまま混沌に撥ね返してゆく自分を情けなくも、悲しくも思う」。切々として語るせいさんの心情に心を打たれつつも私はただ頷くのみであった。

（「吉野せいさんのこと」『ある時』第七号）

混沌の生前に、すでにせいの「鬼婆伝説」は成り立っていたということになる。
先に示した斎藤庸一の「三野混沌覚書」には、彼女の談話も載っている。

ものすごい貧乏をしてきました。もうこれ以上は死ぬより外ないというひどい貧乏でした。よくもまあ、ここまで辿りつけたもんです。子供が大きくなって、なんとか落着きましたが。（略）どうして罵りあって四十八年も連れそってきたのか、無我夢中で生きてきてしまったんです。（略）あの人は、畑仕事がどんなに忙しいたって、ふっと考えごとにとらわれたら、もうこんりんざい、坐ったきりです。働かなければ食えないから罵る。うるさいといって罵る。ついには私の方が負けて、一人で働いてきました。予想もつかない大きな考え、一銭にもならない考えを相手にしたって食べられるわけでなし、そういう変わりもんといっしょになったのが運だとあきらめてきました。

せいにはせいの言い分があったのであろう。だからこそ自分に対する近所の評判を聞けば反撥も覚えたし、その反動で混沌に当たることにもなったに違いない。

だが、いざその夫に死なれてみると、せいの胸には、よくぞ添い遂げたという感慨とともに、思いもかけない後悔の念がわきあがってきたように見える。

混沌の死後、せいは草野心平の依頼で、夫の残した作品やノート、彼の詩友である山村暮鳥（やまむらぼちょう）からの書簡を整理して、『暮鳥と混沌』という作品をまとめた。が、その過程で、混沌の内面や価値観を改めて知るとともに、自分に対する痛烈な批判を目にすることにもなったろう。

実際、作品「老いて」に、せいは、「ついさき頃、偶然眼にした、老いさらばえた頃の混沌の一つの詩を、全身蒼白の思いで私は読んだ」と書いている。

ぜつぼうのうたをそらにあげた
そんなにあさっぱらからなげくな
なげけばむすこはほうろく（失うの意）
あるいはばあさんじしんがどうなるか

むすめはどこへ
さてボクはここでおわるとしても
めいめいのみちをたびだってしもう

くどくなばあさん　なげくな
それさえなければ　なにをくい　なまみそでいきてもいい
いっせんでも　むすこのしゅうにゅうになるなら
クサをとるというボクを　ボクをみていよ
じゆうはそれぞれあるとしても
そうすることはどういうものか
ふこうはみんなのあたまのうえにおりてくる

なげくな　たかぶるな　ふそくがたりするな
じぶんをうらぎるのではないにしても
それをうったえるな

ばあさんよ　どこへゆく
そこはみんなでばらばらになるのみだ
つつしんでくれ
はたらいているあいだ　いかるな　たかぶるな
いまによいときがくる
そのときにいきろ

せいはこの詩を、「いいおりに私は読んだものだ」と書く。たぶん思い当たる何かがあったのだろう。そして、「なまなましいくり言は、唇を縫いつけて恥一ぱいでかき消そう。しずかであることをねがうのは、細胞の遅鈍さとはいえない老年の心の一つの成長といえはしないか」と記すのである。

この心境こそ、「怒を放し恕を握ろう」であろう。

詳しくは後の章で見ていくが、この境地を肚の底に据えた地点から、せいは長らく封じ込めていた筆を取り直し、自分の人生を洗い直して物語っていくのである。

夫の死から半年後、彼女は故三野混沌夫人として、自分から願い出て、『いわき民報』に夫を中心とした菊竹山での生活記を連載するが、その三十八回めの「月の夜の回想」(昭和四十七年十一月二日)に、老境に達した自分の思いを記している。

さて、私はいま何をいおうとしているのだろう。そうだ。(略)時の矢尻の尖光に立ちすくんでいる己の姿に、冷静に狂いなく己の視線をあてる勇気を持とうと、このごろ油汗を流している私を私は考えていたのだ。

眠ればたとえわずかなうたた寝でも必ず夢を見たというせいの「夢」という作品には、酔った親しい混沌の友だちから、「おめえは極楽へはゆけねえぞ。きっと地獄さおちる人だ」とはっきりいわれたことがある、という記述がある。

それに続けてせいは、「おそらくはそれが本音であろう。それほどに私の日頃の孤独冷酷な生き方は、周囲を凍らせ苦しませ、涙を与え憤らせていたのだろうか。つらいが決して間違いではない」と、人の目に映る自分の姿から目をそらさずに書くのである。

しかし、ほんとうに「冷静に狂いなく己の視線をあて」たとき、自分という人間は、また混沌との関係は、はたしてそれだけにすぎなかったのだろうか——。

『歴程——三野混沌追悼号』（第一四三号）に、せいは「さいご」と題した文章を寄せている。

生前、私達は烈しく憎み合いもした。そして又心から許しを求め合いもした。鬼婆と罵るあとで、かんべんしろと微かにいう。死んでくれたらと思う下から、春になったら起きられるよと毎日いいきかせる。

四月に入ってから、私が何か思い余って、枕元でつぶやいていたら、はっきりと「なげくんでねえ」といってくれた。最後の頃、時々「おっかあ」と微かに呼んだ。口を動かすのだが、私には言葉としてききとれない。わかんねえよ、困ったなあというと黙ってしもう。も少し私に誠意があったらききとれたであろうに。でも、しづかな実にしづかな終りであったことが、うれしい。

自分たち夫婦には自分たちにしかわからない結びつきと歴史があったという思いであろう。

混沌の死後書かれたせいの作品に登場する夫は、生活のしがらみから解放され、その本質だけが浮き彫りになった人間である。

それは開墾当初からいっしょに闘ってきた戦友としての伴侶であり、妻の長所と短所をだれよりもよく知る、無欲で温かな、生涯「詩」ひとすじに生きた希有な男性である。

せい自身も寄稿した混沌の追悼号が送られてきたのを読んで、せいは彼の詩友であり、『歴程』同人でもあった草野心平に宛て、手紙を書いている。

こんな東北の片隅に　ひっそりと生れ、ひっそりと生き、ひっそりと死んだ混沌が、皆様の真実な思い出の中に生きられるということ、それはどんなに美しく　しあわせなことか、私は　思はず　父ちゃん　いいねえ　と心の中で拍手を送ったことでした。

さまざまな人が混沌の思い出を語るのを聞いて、せいは遠い昔の夫の姿をよみがえらせ、その像を再構成していったのではないか。

人は死んではじめてその全容を現すという。

作品「信といえるなら」で、せいは夫について触れ、「ことほどさように報いも物も名も欲しがらない。一介の土着民に徹して生き死んだ性の自然さに今は高い拍手を送る私も、同行五十年近い歳月のひだのかげにたたみこまれた愛憎のかげの根深いものも忘れられない」と書いている。

「愛憎のかげ」をせい流に言いかえるなら、作品「青い微風の中に」の次の一節になるような気がする。

（俺とお前の闘いは闘われ、知り抜き、味わいつくし、学び、何かを造り上げて来たこと、闘いに倦み疲れ、なお闘い、死にいたるまで闘いつくしている）

混沌の碑はいまも低く私にこう語りかけている。

どんな闘いであったのか——。

自身の来し方を振り返った作品「老いて」で、せいは、「はるかな、はるかなかつての日に、何を求め、何を夢み、何に血を沸らせてこの地を踏んだか、その遠い過去は記憶のぼけた雲煙の彼方に跡形なくきれいに消えてしまった——とはいいきれない」と反語的に書いた。

忘れようにも忘れられない「かつての日」、せいは、ほんとうに何を求め、何を夢み、何に血を沸らせてこの菊竹山に入植し、夫・混沌と格闘することになったのか。

それを探るには、結婚するまでのせいの来し方をたどらなければならないだろう。

せいは、七十歳を過ぎて突然文学に目覚めたわけではないのである。

第三章　文学的来歴

——もし書くなら、全く客観の立場から深い社会思想をとり入れた一大ロマンでなければならぬと吐息をついた。

（『暮鳥と混沌』）

生い立ち

吉野せいが『洟をたらした神』を出版するまでの経歴は、彼女自身がその「あとがき」に記したものがいちばん簡潔で要を得ている。

さすが、あまりに無駄のない手紙を書くので、息子の嫁が返事を出すのを怖がったという逸話の持ち主の書く文章である。

一八九九年（明治三十二年）という遠い遠い昔、海の眩しかった福島県の小名浜という魚臭い町に生まれました。高等小学卒だけの学歴。

一九一六年（大正五年）以来二年ほど小学校に勤めましたが、その間平町に牧師をしていた山村暮鳥を知り、懇切な指導と深い感化をうけました。眼に入るものを秩序もなく読み漁りました。辿々しくも文学の勉強に足を突っ込んで張り切っていたつもりの自分が、一九二〇年（大正九年）頃には文学よりも、社会主義思想の模索に傾いていたことをはっきり認めました。時流に浮かされた若さ、正しさ、弱さだと思います。

一九二一年（大正十年）菊竹山腹の小作開拓農民三野混沌（吉野義也）と結婚。以後一町六反歩を開墾、一町歩の梨畑と自給を目標の穀物作りに渾身の血汗を絞りました。けれど無資本の悲しさと、農村不況大暴れの時代の波にずぶ濡れて、生命をつないだのが不思議のように思い返されます。

一九四六年（昭和二十一年）、敗戦による農地解放の機運が擡頭しその渦に混沌は飛び込み、家業を振り返らぬこと数年。生活の重荷、労働の過重、六人の子女の養育に、満身風雪をもろに浴びました。

これらの行間を、彼女の作品や参考文献をもとに補足してみることで、新たに見えてくるものもあるだろう。

吉野せい（旧姓・若松）は、明治三十二年（一八九九）四月十五日、福島県石城（いわき）郡小名浜町下町（現いわき市小名浜下町）の網元の家に、父・若松力太郎、母・ミヱの次女として生まれた。

塀が黒塗りであったことから「黒門」と呼ばれる、地元では名の通った網元だった。戸籍届出の名は「セイ」。祖父・誠三郎と五歳上の姉・ワカ、三歳上の兄・真琴がいた。

小名浜は商港として明治、大正から昭和初期にかけ整備されはじめ、今では周辺に臨海工業地帯を持つ福島県随一の港町になったが、当時は遠浅で、湾曲した渚に白い砂浜が輝く漁村だった。船の発着には入り江が利用された。

夫・混沌と詩人・山村暮鳥の交流を描いた『暮鳥と混沌』に、せいは、「その頃の小名浜の海はきれいでしずかで、白い砂浜が一里近くゆるく湾曲し、波も遠浅で、一波一波に間合いの時があった」と書いている。

主人公「イヨ」に託して生い立ちを振りかえった「白頭物語」では、そんな自然の美しさとともに、「これこそ漁村、これが当時の浜の生活であり、清々しい生きた風景」だとして、イヨの目に映じた「猛々しく生きてゆく人間の息吹」がいきいきと描かれている。

白い砂浜には、一面に砂をまぶしたわかめが干してあり、砂丘に置かれた木枠やむしろの上では、特有の臭い匂いを放って、コマセと呼ぶ小さい屑えびのようなみじんこが赤黒く乾いている。夏になれば、すっぱだかの船方たちが重い魚網を肩から肩へかつぎ分けて、列を組んで持船にかつぎこむ。なまじ一糸もまとっていないだけに、「少しもはずかしいとか変だとかには見えない、とても自然な立派な姿に見えます」とせいは赤銅色に日焼けした漁師たちの姿を描きだす。

そして、「この頃から浜の子として海の魅力におぼれはじめて、大きくなるにしたがっていよいよ烈しく、半ば狂気じみるまで海そのものに身を浸し切ってしまったようです」と海に対する憧れにも似た気持ちを記すのである。

せいの生家はこの海で生計をたてる網元だったから、彼女は文字通り海に育まれて成長した「海の娘」といえるだろう。

生涯のほとんどを山のなかで過ごしたせいだが、自分を語るときしばしば「海の娘」という言葉を使っているのは、いかに海が彼女のなかで大きな存在だったかを物語っている。

「白頭物語」によれば、祖父の誠三郎は文武両道に優れ、漢学、兵法を学び、剣術は免許皆伝の腕前だった。町長の候補にも立ち、漁業を営むかたわら、剣術の道場を開き、漁業が盛んな頃は門弟や漁夫で家がにぎわった。豪放な気性で、父の力太郎もそれを受けついでいた。せいの「武士気質」といわれる性質も、その家風のなかで培われたといってよいだろう。

人の出入りの多い活気あふれる家だったが、せい六歳のとき父が心臓病で亡くなり、祖父は年老いて、一家は二隻の地曳船しか持たない小さな網元に零落する。

せいが小名浜尋常小学校に入学するのは翌年の明治三十九年（一九〇六）、小名浜高等小学校に入学するのは明治四十五年（一九一二）である。

小学時代の教師は、山村暮鳥にせいのことを尋ねられたとき、「あれは小学校の頃から頭がよくて考えもしっかりしており、俺はいちもくおいていた」と答えたという。口数が少なく、ひとり静かに本を読んだり、考え事をするのが好きな優等生だったようだ。

当時の小学校は六年制の尋常小学校と二年制の高等小学校にわかれていた。裕福な家の子どもは尋常科を終えると、高等女学校や中学校に進み中等教育を受けたが、せいは高等小学校へ進んだ。

この頃のせいについて、新藤謙は本人や彼女の同級生に聞いた話を総合して、次のようにまとめている。

せいは頭もよく、向学心に燃えていたので、高等女学校へ進みたかったが、父の力太郎も亡くなり、家業もふるわず、祖父が老いた体にめげず、船の仕事をつづけているのをみると、上の学校へあげてくれ、などとはとてもいえず、進学はあきらめなければならなかった。涙がでるほど口惜しかったが、いつまでもくよくよしているようなことは嫌いだったから、女学校へ進んだ人に負けないくらい勉強しよう、と心にきめ高等科にあがった。（略）せいの無口は高等科へはいってもおなじで、本もだんだん程度の高いものを読むようになった。男に負けない快活な遊びもしたが、何とはなくものを考えたり、本を読んだりする時間のほうが、せいには多くなっていった。そうしている時は、傾きかかっていた家のことも忘れた。何かを書いてみたい、とぼんやり考えることもあったが、かたちにはならなかった。

（『土と修羅』）

家が貧しくて進学できなかったことや、周囲の人たちそれぞれの暮らしぶりの違いを目にして、せいは、「心の中に、それはほんとうに漠然とした霧のような思いでしたが、なぜ自分達にはお金持ちとか貧乏とかのちがいがあって、たべるものもどこの家でも別々」(「白頭物語」)なのだろうという疑問があったと振り返っている。兄も進学せず、隣町の履物問屋で働いており、母はお針の師匠をしながら、深夜まで賃縫いの仕事をしていた。祖父も老体に鞭打って船の仕事を続けている。それでも若松家の暮らしは楽ではなかった。

大正三年(一九一四)、十五歳で高等小学校を卒業すると、せいは小名浜郵便局の電話交換手となった。が、勤めてみると得体の知れない焦燥感にとらわれ、これでいいのかと自問するようになる。当時は、進学できなかった人たちが、中等学校卒業と同等の資格を得られる制度として、専門学校資格検定と准教員資格検定の二つがあった。もっと学びたい、成長したい、いろいろな知識を吸収して、自分の納得できる生き方がしたいと願うようになったせいは、教育の仕事ならその思いに近づけるのではないかという夢を持ち、一年近くで交換手の仕事をやめ、教員を目指すことにした。

娘の気持ちを理解してくれた母の応援を受け、懸命に勉強した甲斐あって、大正五年(一九一六)、せいは十七歳で難関の准教員資格試験に合格することができた。県内では最年少、女性ではただ一人の合格者だったので、町ではちょっとした評判になったという。

文学の芽生え

受験勉強から解放され、文学書を読むだけでなく、自分でも書くようになったのはこの頃からである。

文化の中心地・東京からは遠く離れた土地だったが、当時のいわきは文芸熱が高かった。「同じ福島県内でも、住むなら〈いわき〉、理由は文化的環境の高さである」と誇らしげに言う地元の人もいたという（佐々木靖章「山村暮鳥主催雑誌『風景』の意義――近代詩誕生の地、いわき・平の文化度――」『山村暮鳥展――磐城平と暮鳥 図録』）。

その中心にいたのが、大正元年九月から同六年十二月まで磐城郡平町（現いわき市平）の日本聖公会講義所で牧師として伝道生活をしていた詩人の山村暮鳥である。

その赴任中、暮鳥は詩集『三人の処女』（大正二年五月）を発行。室生犀星、萩原朔太郎と人魚詩社を設立し、前衛的な詩集『聖三稜玻璃』（大正四年十月）を刊行するなど個人詩集を出す一方で、雑誌『風景』（大正三年）、『群衆へ』（大正四年）、『LE PRISME（ル・プリズム）』（大正五年）を創刊して、近郊の文学愛好者たちを集め、盛んに文学活動を行った。

せいがその活動を知ったのは、遠縁にあたる小学教師が同人のひとりで、自身の作品の載った雑誌や暮鳥の著書を見せてくれたからだった。

文学に目覚めていたせいは、受験勉強が終わってできた自由な時間を使って、次々と短歌や小品を書き、『ル・プリズム』や『福島民友新聞』の文芸欄に投稿するようになった。

まだ暮鳥や彼を取り巻く文学青年たちとは面識がなかったが、『ル・プリズム』の同人たちと交流するようになるきっかけがよくわかる文章がある。

> 眼を閉じると、その頃が昨日のことのように浮んでくる。実のところ私はそれまで、暮鳥は勿論、それをとり巻く人達に一度もあったことがなかった。つまりは平町へ出たことがなかったのだ。ある日、美しい比田がたずねあててくれた。（略）まるで天女だなと目をみはった。『プリズム』にはこんな人達ばかりが書いているのかなと、心の

中で唸った。幾日かすぎて、私は湯本町に住む彼女に招かれた。炭鉱もはじめて見せられ、その騒音の中で齋藤千枝にあった。四家貞子にあった。どの人も年上だが、澄んだ眼をした美しい人達だった。言葉もはなやかで明るく、話す内容も才気に富んで耳新しい。私は捨猫みたいにすべてに貧しい自分を、侘しく感じた。

(『暮鳥と混沌』)

せいが『ル・プリズム』に発表した作品は短歌三首だけだったが、『福島民友新聞』にさかんに投稿していたので、仲間の女性が訪ねてきてくれたのだろう。当時は、そのようにして文学者同士がつながり、思わぬ広がりを持つネットワークを作っていた。詳しくは別の章で見ていくつもりだが、彼女の作品が世に出るようになったのも、こうした文学者のつながりがあってこそである。

せいの住む小名浜は平町からは十二キロほど離れていたが、夏は海水浴客や避暑客でにぎわう風光明媚な土地だった。彼女はほどなく、ここにやってくる暮鳥や彼をとり巻く文学愛好者たちとも、交流を持つようになる。

このとき暮鳥は三十二歳、他の文学仲間は二十代で、十代はせいだけだった。

はじめて暮鳥と会ったときのことを、彼女はよく覚えている。

八月に入ると、暮鳥は小名浜へ避暑に来た。古港の海に近い一間を借りて、黒髪の美しい夫人と、よく似た可愛い三つの玲子と三人。私は夜はじめてその宿を訪ねた。四、五人の男女の客がいた。（略）黒塗りの大きな卓をかこんで、八畳の部屋一ぱいに談笑が湧いていた。話は霊魂から死の知らせ、はては人魂にまで及んで、暮鳥は一つの実例を凄味をきかせて物語った。私は思わず手を叩いたら皆からどっと笑われて、粗野な自分に自分でびっくりした。順は私の番になって、つい十日程前この眼で見た不思議なはなし。二つの赤い灯が小名川の暗い夜の川面にゆらゆら揺れるような、止まるような。あしたそこに九つになるてんかんの子が溺れて死んでいた——。

「せいさんは小説を書くから、つくりばなしじゃないだろな」と誰かがまぜ返した。

「てんかんの子が死んでいたんですね」

暮鳥は真顔で私を見た。この人はいい人なのだと私は初めてあって眼のあたりすぐ感じた。急に波の音が高く聞こえたように思う。

二、三日過ぎて、暮鳥は花岡と二人で私を訪ねてくれた。（略）私は茶を注いで暮鳥の前に差出す時、緊張のために茶碗を持つ手がぶるぶるふるえた。「純だ！」と暮鳥はきっぱりと一言いった。余りに言葉が鮮烈で、今もその語調を忘れない。

（『暮鳥と混沌』）

せいの純朴さがよく伝わってくるエピソードだが、混沌の葬儀の際、斎藤庸一がせいから聞き取った次の証言とは微妙に食い違っている。

私は小名浜の漁師の娘で、昔はたいそうな網元だったらしいのですが、その頃は貧乏でした。屋敷だけは大きくてがらんとしていました。あれは、十七くらいの頃でしたろう。山村暮鳥さんが平の教会にいまして、私も日曜たんびに教会へ行っていました。本を読むのが好きでまあ文学少女でしたから、ことの外暮鳥さんに可愛がられて、お宅へたびたび出入りしてました。短歌など作ったこともないのに、すすめられて作って出したら、雑誌に出してくれて、どんどん書きなさいと励まされました。

（『詩に架ける橋』）

『ル・プリズム』の創刊号が出たのが大正五年（一九一六）四月、二号が翌五月で、そこにせいは短歌を発表している。先のエピソードで、せいは同年八月にはじめて暮鳥と会ったと記しているから、暮鳥にすすめられて短歌を作ったというのは矛盾があるのだ。また、新藤謙との対談「文体・生活・人間」では、暮鳥について、次のように語っている。

新藤　今度、『暮鳥と混沌』が別の出版社から再刊されましたね。

吉野　ええ。ただ版元が宣伝文に、「著者が人生の師と仰ぐ詩人・山村暮鳥……」というふうにいっているのにはムリがありますね。暮鳥と私のつきあいは、それほど深いものだったんじゃありません。その頃私は小名浜に住んでいましたから、暮鳥がそこへ避暑にきたときあったにすぎないんです。それは暮鳥に私の作品を読んでもらったり、指導をうけたことはありますし、また暮鳥の『聖三稜玻璃』なんかも、なにがなんだかわからないままに鑑賞はしてました。ただ、それだけなんです。私が抵抗を感じるのは、「人生の師と仰ぐ」というところですね、いやじゃないけど人生の師ではない。

（『6号線』第二号）

記憶というのは本来揺らぐものである。長い時間を経るうちに、忘れたり、無意識のうちに書き換えてしまう部分もあるだろう。ましてや過去のできごとを人に話したり、書いたりする場合には、意識的に削除したりニュアンスを変えたりすることもある。

自伝的な作品を書く作家が「何を書いたか」はもちろん重要なことだが、「何を書かなかったか」に目を向けることも、その作品を考えるうえで有益なことだとわたしは考えている。表にあらわれる文章の陰の、採用されなかった多くの事どもが、作者の深層心理や作品の本質を示唆していることがあると思うからだ。

そのことについては別の章で検証するつもりだが、ここでは十七歳のせいが、実際にどんな作品を書いていたかを見てみよう。

まずは短歌である。

さびしかりみぎわいゆけば足もとに光る小魚ひとみ赤きも

「海邊傷心」(『群衆へ』新年号、大正五年一月一日)

空と海青ひとすじのはてしより湧き来たるかも瞼毛をぬらす

「水平線上」（『LE PRISME』創刊号、大正五年四月十日）

みをつくしあらはにみえつかもめどり一羽二羽三羽五羽十羽二十羽
かもめどり高くむれとぶ羽ばたきに月揺れゐたり空の月悲しも

（『LE PRISME』第二号、大正五年五月十日）

いずれも海の情景を詠んだものであるが、「瞼毛をぬらす」、「月揺れゐたり」と、壮大な海を前にして感極まっているようすが伝わってくる。詠み手は荘厳な美に打たれて涙を流す、多感な少女なのである。

では、小品はどうか。受験が終わり、代用教員として赴任するまでの四か月間に、せいは『福島民友新聞』に、「たそがれ」、「金星の夜」、「海の曙」、「つぶやき」、「或日の正午」、「月光を浴びて」、「Nといふ青年」の七編を投稿している。

どれも原稿用紙に換算して二〜四枚ほどのごく短い散文だが、短期間にこれだけの数が採用されていることは、せいの早熟な才能を示す証ともいえるだろう。
記念すべき最初の投稿「たそがれ」は、夕陽が海に沈む描写からはじまる。

真赤に燃え尽した太陽は、腐乱し切つた女の肉を忍ばせるやうにみじめに又醜く三十女の爛熟した肌の美しさを添えて水平線の彼方から、疲れた息を吐いてゐた。低く垂れた空と沖にゆくに従つて高い浪の表と軽い抱擁を交へたとこから一枚一枚うす絹の闇が生れ出てくる。

若者らしい背伸びと気負いの感じられる、いささか過剰ともいえる文章だが、夕陽の色、夕暮れから夜に変わる瞬間、それらをなんとか言葉にしようと苦心しているのが伝わってくる。
作品の導入部にこのような自然描写を置くのは、七十歳を過ぎてから書いた『涙をたらした神』の作品群にも見られる傾向で、たとえば「いもどろぼう」は次のように始まっている。

待ちわびた初秋の雨が一昼夜とっぷりと降りつづいて、やんだなと思うまもなく、吹き起こった豪快な西風が、だみだみと水を含んだ重い密雲を荒々しく引っ掻き廻した。八方破れの大まかな乱裁ち、忽ち奇矯なかげを包んだ積乱雲の大入道に変貌しはじめたと見る間に、素早く真白い可愛い乱雲の群小に崩れて寄り添い、千切れてうすれ、まっさおな水空の間あいを拡げながら、東へ東へと押し流されて、桃色がかったねずみ色の層雲が、まるでよどんだように落ちついてでんとおさまった。

このような密度の濃い、執拗ともいえる描写は、せいの文章表現の特色の一つでもある。他にも、「さげすみの眼、あざけりの眼、厭う眼、避ける眼、呪いの眼、恥じる眼、まるっきり根拠のない地点からの無慈悲な征矢の幾すじなど、彼等にはいま紙つぶてより軽く、はて、どこを吹く風かしら」(「飛ばされた紙幣」)というふうに、たたみかけるように短い言葉を重ねる手法など、さまざまな特徴があるが、ここではせいの文学的出発が十七歳にしてすでに始まっていたのだということを確認するにとどめておきたい。

「たそがれ」の内容は、簡単にいってしまえば、ある女性が惑いながら海辺でひとしきり泣き、自ずと答えを見つけて、また歩み出すという話である。語り手の「私」は「彼女」の姿をカメラの眼になってたどるのだが、彼女が何かを求めているらしいことはわかるものの、なぜ泣いているのかはわからない。あたりはすっかり闇になっている。そして次の一節が続くのである。

やがて彼女はつと顔をあげた。夕闇に浮く白い細い眸（ひとみ）が大空の星のやうに輝いてる。両手も固く胸に組んで昵（じ）つと空間を見つめた時、微かにゆらぐ宵の明りに照し出された高い鉄塔！はしなくも目に止まると彼女は耐え切れぬやうににつこり微笑む（ママ）だ。なぜと、いつて彼女の人知れず求めんとしたあるものは彼女の想像に依つて築き上げられた空間の鉄塔上の閉されたる窓の中に秘められて居る事を直覚したから……その塔は自分一人の所有品だと信じたから……彼女は嬉しさに堪えずしてか勢いよく立ち上つた。そして、いそいそと歩み出した。

作品のなかで「彼女」が見つけた「人知れず求めんとしていたあるもの」が何なのかは、読者の想像に委ねているが、何かを求めてもがいている人物が主人公だということは確かだろう。

これら投稿作品のペンネームは「小星女」、「若松小星」、「若松精子（「金星の夜」のみ）」であるが、六編めの投稿「月光を浴びて」に、興味深い一節がある。

或る女が獄舎の中で一人の美しい女児を産んだ。女は自分は厭はしい罪人ではあるが小児は汚れない美しい神様である。自分は低い卑しいところにゐたからあらゆる悪魔に踏みにぢられてこんな浅ましい身となつた、しかし小児はどこ迄も美しく正しくしたい。それには容易に人の手の届かぬ否とても届き得ぬ御空の星が最も良い手本である。依つてその子に星子と命名したことを……。

これは書き手が何かの小説で読んだ話として紹介している部分だが、自分のペンネームに「星（せい）」という文字を当てた背景には、「どこ迄も美しく正しくしたい」という、彼女の理想や願いのようなものが込められているように思える。

二編めの投稿「金星の夜」は、病気療養中の「S様」に語りかけるかたちで書かれた書簡体の作品である。Sのモデルはせいの遠縁の小学教師の友人である高屋光家で、十七歳のせいはSに、「湧き立つ自我を制しつゝ、朝に夕に只神のみ旨の儘に、喜び勇んで従ふあなたは眞に幸ひなる人と羨みます」と語りかける。

そして、「どうしたならば自分等は感激の生活に入る事が出来るのだらう」と自問し、「すべて事物に慣れるといふ事は感激から遠ざかります。どこどこ迄も私等の心は新しいものに接する心持ちで大自然に接する、それが感激の生活に入る第一歩なのでございませう」と自答するのである。

それから五十九年後、七十六歳になって書いた作品「道」で、せいは同じモデルを松井という名で登場させている。


松井さんが京都鹿ヶ谷の一燈園に行ったということを耳にした。（略）私は思わずやったなと思った。それは何かあの人らしい思いつめた歩き方のように思えたから。（略）誰にきいたともなく、私は何かで主導者の西田天香という名を知っていた。私有物一切を捨てて生れたままのはだかになり、社会の下座にすわって身の業をざんげし、捨身奉仕の行に挺身する。（略）ぼんやりとそれ位の知識しか持たない私であったが、心の底では一瞬瞠目し、しかも若さ特有の一途なあこがれにさえ変る讃美で胸をふるわせもしていた。松井さんが代表者のようにそこに飛び込み、托鉢生活に入ったことは先手を打たれたようだが真似のできないさわやかなことだった。

先手を打たれたように感じたということは、十七歳のせいが、「私有物一切を捨てて生れたままのはだかになり」、天然自然に根ざした「感激の生活」を求めていた証ともいえるだろう。

また、七編めの投稿「Nといふ青年」は、まるで後に夫となる混沌のことを書いたかと思われるような作品である。

> 彼は毎日土を掘る。草を苅る。黙々として鍬を大地に打ち込んでゆく時、不断の精力が迸る。打ち返す土の色に希望が湧く。（略）そして云ひ知れぬ満足と喜びが油然として満ち溢れる。彼は毎日此の楽しさを眞実に味わふ事が出来た。それ程彼の心は清浄で単純で平凡で又超越してゐたのだ。（略）彼の机上には學友からの書信、新刊の雑誌が塵に塗れてのせられてあつた。（略）彼はすべての書籍を離した。そして鍬を取つた。一頁を繰るよりも一塊の土を耕す事を喜んだ。

Nのモデルが誰かは特定されていないが、この年の一月、文学青年だった混沌は一人で菊竹山に入植しているから、彼のことを聞き及んで書いた可能性もあるだろう。

ただ、当時は、農業こそ天地と一体となるもっとも人間らしい仕事だという一種の農本主義が、時代の風潮として文学者の間にあった。この作品が投稿された翌々年（大正七年）、武者小路実篤が理想郷を目指して「新しき村」を開村したことは広く知られている。Nのような青年は、全国に数多くいたにちがいない。

Nのモデルが誰であれ、こうした時代の風に吹かれて、自然と一体になり正しく美しい感激の生活をしたいという思いが、暮鳥や混沌に会う以前にすでにせいの胸中にはあったということである。

この頃のせいは、その時代の若者が少なからずそうであったように、激しく自分の生き方の模索をしていたといえるだろう。どう生きたらいいのか、理想に向かって真剣に考えていたのである。

そんな情熱を胸に秘め、小学校の代用教員になり小名浜を離れたせいは、やがて教育の仕事にやりがいを見出せなくなっていく。たくさんの書物を読み、暮鳥や文学仲間の自由な雰囲気にふれた後では、言論や表現の自由がない教育現場の実態が理想にはほど遠いものに思われ、しだいに幻滅していったようである。

いわき市植田町の雫石太郎氏によれば、「学校は四学級で校長共四人。女教員はたった一人だけだった。（略）月給は九円で、米一升十七銭で月に一斗（十五キロ）もあれば間に合ったので、らくにくらせるとせいさんはいっていた」（「吉野せいさんを憶う」『いわき民報』昭和五十二年十一月十八日）という。

経済的には問題のない暮らしだったが、せいはその頃のことを、こう振り返っている。

その九月、私は浜通り最南端の窪田第二小学校へはじめて勤めることになった。（略）宿場外れの隠居所を借りて、初めて独立の生活をやり出した私は、宿のすぐ傍を通る常磐線の夜汽車の窓々の明りを複雑な思いで毎夜眺めくらしては、ひとりで戸をしめて机の前にすわるのであった。（略）

暮鳥にも遠く、またそれをとり巻くグループの圏外へすっかりはみ出てしまった私は、ひたすらに職務に精励しようと努力はしたが、半面孤立した自分のすべてのはけ口を矢鱈に書くことだけに没入した。当時『福島民友新聞』は一面を大胆に地方文芸のために提供していて、『プリズム』の連中の作品も誰かが毎日入り代ってのっていた。私も回数に於ては一方の雄で、皆と異って散文ばかりを五、六枚ずつ投稿した。そして翌大正六年（一九一七）の一月末、始めて百十枚の小説を書きあげた。「破壊」と題して、暮鳥に送った。暮鳥からはとに角力作だ。破壊は過激だから「彼等」と改題してその内何かへ送るつもりだと激励の言葉をよこしてくれた。力を得た私は、三月「殺人罪を犯すまで」と題して、土工の殺人をあつかった七十枚のものを追送した。中に淫売婦を蝮の巣くっているような肌と描写した。暮鳥からは、民治（主人公）にキリストを見た。一気に読んだ。あなたの年齢で淫売婦の肌を――感じたのか。おそろしい。描写は固く稚拙だ、とそんな意味のはがきを貰った。「春」という十枚ばかりの短編を暮鳥はひどく気に入って、『プリズム』の何号かにのせてくれた。（略）間もなく私は意にそわぬ教師をやめて、再びひとりぼっちの海の娘にかえった。大正六年八月、十九の夏の終りであった。

（『暮鳥と混沌』）

教員になってから、せいは『福島民友新聞』に小星、または若松小星のペンネームで「夕暮に」、「疲れた心一、二」、「或る女」、「彼の女」、「別れるとき」、「野末にて」、「海辺より一、二」の七作品を投稿しているが、それらを読むと、辞職するまでに彼女がどんな気持ちでいたかが浮かび上がってくる。

職業！疲労し切つてゐる彼女の頭に往来してゐる黒い塊は昨日も今日も其の職業に対する不安のみであつた。些細の事に気を配り微かな事に心を兼ねてさなくとも傷き易い若い女の神経は痛みに痛んで此の上は如何ともする術はなかつた。職業に集注する精力はとても余力とては持たなんだ。其の為か他方面に向う力は著るしく減少されてありありと彼女の瞳にうつる。それが一番辛さと悲しさと焦慮とを起さしめた。この儘で行つたら！このままで行つたら末はどうなるんだらう。彼女は悶え泣くより外に術がなかつた。

彼女は静かに自分の日々の生活を省みた。怒声と叱咤。反覆より他にない事が確められると余計訳のない悲しさが湧き立つのだつた。そしてそれがとても自分の性に合はない事を考へると、じつとしてゐる事が出来なかつた。なぜこんな職業を選んだかその心を疑はしくなつた。早く早く。彼女は放り出したくなつた。

（若松小星「彼の女」『福島民友新聞』大正五年十月二十日）

教員になる以前の希望に満ちた投稿とは打って変わって、現状に不満を持ち悩み苦しんでいる姿が伝わってくる。この頃のせいの状況が具体的にどんなものだったのかは、本人に取材した新藤謙が『土と修羅』に次のように書いている。

教育の仕事も、じっさいはそこにはいってみると、思っていたこととは相当のへだたりがあった。こういう教え方、こういうやり方のほうが正しいと思っても、学校には学校の方針や規則があって、せいの意見が通らないことが多かった。それに学校がやたらと規則や形式にこだわり、やかましく秩序や規律ばかりふりかざすのもせいにはきゅうくつなものに感じられた。また肝心の教師が心をさぐりあったり、足を引っ張りあったりしていて、せいの考える教師像からはるかに遠かった。学校とは、教師と生徒が心と心でふれあう場所であり、教育とは、こどもの創造性を伸ばすことだと考えていたせいには、学校や教育が、やかましい規則や方針で、その逆のものになっているように思われた。つまり学校も教員も、暮鳥がいったなわめにかけられていたのである。せいは学校全体を、このなわめから解き放ち、教師と生徒との間にある垣

大正五年頃 窪田第二尋常小学校にて　前列左端が若松(旧姓)せい

根を取り払おうとしたのだが、壁は厚く、一人の力ではどうにもならなかった。そのため、はじめ胸いっぱいに燃えていた理想や情熱は、しだいにしぼみ、心も孤独になっていった。学校の門をくぐる足取りも重くなった。気持ちも滅入った。そういう状態でこどもを教えることを罪悪だと思うようになった。その孤独で、傷ついた心を慰め、いきてゆくはりをあたえるのは文学よりほかにはなかった。

そんな状況のなかで小品を次々と投稿しながら、せいは四百字詰原稿用紙百十枚の「破壊」、七十枚の「殺人罪を犯すまで」、十枚の「春」を書いて、暮鳥に送っている。その間、一年未満である。たとえ「孤立した自分のすべてのはけ口を矢鱈に書くことだけに没入した」結果であろうとも、職業を持ちながらの執筆には、並外れた集中力が必要だっただろう。

その力は晩年まで衰えなかったらしく、五十六年後、串田孫一の紹介でせいの作品を読んだ彌生書房社長の津曲篤子(つまがりあつこ)は、無名の農婦の本を出版することになった経緯を次のように語っている。

串田先生がひとりでいいと思っていらっしゃったの。だけども、そんなまさか本になるわけはないと思っていらしたわけです。それで私に読んでみないかとおっしゃったんで、読んでみたらほんとうにすばらしいから……。そのときのことを覚えているんですけど、「ああ、これいいと思ったのは僕ひとりじゃないんですね」って、「津曲さんもいいと思うんですね」っておっしゃってね。それで本にするからということを串田先生からお手紙を出されたら彼女が喜んで、もうそれから半年もたたないですね、三ヶ月くらいの間に十二点くらい矢継ぎ早にどんどん書いてね。それで一冊分の原稿ができて、なお多過ぎるので、一つ作品を落としておいたんです、このなかから。それをのちに別のものといっしょにして『道』という本を作ったのですけどね。

（「〈座談会〉吉野せいさんを偲ぶ」『あるとき』第七号）

そんな集中力を持つせいがはじめて書いた長い作品「破壊」は、「彼等」と改題され、『ル・プリズム』が資金不足で廃刊に追い込まれたため、暮鳥の推薦で石田友治編集の『第三帝国』に四回にわたって掲載された（大正六年五月号〜八月号）。ペンネームは「上」、「中」が若松せい子、「下」、「完結」が若松せいである。

『第三帝国』は、大場茂馬らの法律学者、浮田和民らの政治学者だけでなく、堺利彦、大杉栄らの社会主義者、平塚らいてう、伊藤野枝ら青鞜社の女性たちも執筆する、大正デモクラシーを代表する雑誌だった。そんな雑誌に掲載されたことは、田舎の少女にとっては快挙といっていい出来事だっただろう。

それを祝って、掲載が終わった八月には暮鳥や友人たちが「彼等の会」を開いてせいを励ましてくれた。集まったのは十人ほどで、作品の前半をせいが読み、後半を花岡謙二(はなおかけんじ)が読んで合評した。花岡は、前田夕暮に師事して「詩歌」社友となり、「新詩人」にも参加した大正・昭和期の詩人、歌人で、当時三十歳である。

このときのことを、せいは、「暮鳥は『印象は啄木鳥である――』とそんな冒頭で何かを批評してくれたと思う。花岡や皆がいろいろ話しかけても、私は余りしゃべれなかった」(『暮鳥と混沌』)と回想している。作品の内容については後でふれるが、後の「せいの文学」を彷彿させる表現の原点がすでに出そろっているのが印象的だ。

暮鳥が小名浜で避暑をしている夏の間、入れ代わり立ち代わり青年男女が暮鳥のもとにやってきて、月夜の船上で祈禱の会を開いたり、旅館の一室で詩の会合をしたりした。それらの仲間に加わりながら、教員の道は自分の生きる道ではない、そう確信したせいは学校を辞める決心をした。

家では脳溢血で倒れた祖父が寝ついており、家計は依然として厳しかったが、せいが学校をやめて収入の道を閉ざしてしまっても、「母は文句をいわないでくれた」(『暮鳥と混沌』)。かつて「黒門の奥さん」と呼ばれた母は、長男が自分の店を持つまでの辛抱と、みじめだと恥じる親戚の苦情をはねのけて、鮮魚や干物の行商に出た。『第三帝国』に作品が載ったことが、せいにも母にもかすかな希望のようなものを与えていたかも知れない。

ところが、秋頃、暮鳥からこんな葉書が届いた。

『女子文壇』からあなたに原稿の依頼が来たがことわった。今から発表することは後日必ず悔いる時がくる。今は、しっかりきたえておくれ。

そしてせいは、当分投稿を禁じられるのである。

前にも引用したが、彼女が「破壊／彼等」の次に小説「殺人罪を犯すまで」を送ったとき、暮鳥は、「描写は固く稚拙だ」というはがきを書いてよこした。他の雑誌に発表するのはもっと地力をつけてからの方がいいと判断したのだろう。
が、「彼等の会」を開いてせいを激励した年の十二月、暮鳥は教会を批判したことから岳父の水戸ステパノ教会への転任が決まり、いわきを去った。加えて九月には、結核性肋膜炎を患い、六年後に亡くなるまで、執筆しながらの闘病生活を続けることになる。この頃の暮鳥については、混沌のこんな談話がある。

「結局暮鳥は、平に五年いたのだが、（略）文学にこりすぎて、宗教はどうなのか、牧師はどうするのか心配した。町の人からもだいぶ非難があった。四つの教会があったが、暮鳥は邪教だといわれたりした。冷眼視されていた。（略）水戸へ転任になったのもそういうよくない評判が響いたのではないだろうか。水戸での教会は奥さんの父の教会であった。（略）水戸で発病、休養のため磯浜へ行った」

（斎藤庸一『詩に架ける橋』）

彼女に原稿を依頼した『女子文壇』（明治三十八年創刊、野口竹次郎・河合酔茗編集）は、「女性作家の登竜門」ともいえる日本最初の女性文芸投稿誌で、若い女性の才能を磨き育てた雑誌である。ここを出発点として文壇に登場した女性は多く、文学以外でも社会に影響を与えた人材を多く輩出している。

ちなみに、せいと同年生まれの中条百合子（後の宮本百合子）は、せいが「彼等」を書いた同じ年に小説「貧しき人々の群」を『中央公論』に発表し、天才少女として注目を集めた。百合子の育った環境は上層中産階級の物質的にも文化的にも恵まれたもので、貧しかったせいとは対照的だが、早くにデビューしたことの苦難を乗り越えて、立派に作家として成長することになった。

人の歴史にもしもはないが、もしも暮鳥がこの原稿依頼を断っていなかったら、並外れた集中力を持つせいの人生は違ったものになっていたとしても不思議ではない。

せい自身も、「まだ娘の頃、井上康文（いのうえやすぶみ）さんがしきりに上京をすすめてくれたことがありますが、結婚しないで上京していたら、また別の人生だったんでしょう」と述懐している。二歳年上の詩人、井上康文（本名・康治）は、せいが「彼等」を発表した翌年の大正七年（一九一八）、福田正夫の『民衆』に参加し、編集を担当している。のちに『新詩人』、『詩集』、『自由詩』を創刊しているから、せいに発表の場を提供することもできたかも知れない。

人にはそれぞれ運命があるということなのか、暮鳥に「今は、しっかりきたえておくれ」と命じられたせいは、以後その教えを守って、読書に重点を移していく。
この頃のことを、せいは『暮鳥と混沌』で次のように書いている。

私が勿来（なこそ）から小名浜へ帰って二年過ぎて、教師不足の折柄、校長が再三足を運ぶので小名浜の小学校に一年つとめた。その間にも文学書を耽読し、特に樗牛（ちょぎゅう）に打ち込んで、日蓮宗の寺に通って住職からそのおしえをきいたりするまで、決していい先生ではなかった。（略）何をどう勘ちがいしたのか、平から特高の刑事が何回か私をのぞきに来ては得るものもなく帰って行った。東京の花岡から求婚されたのもその頃、井上康文から上京をすすめられたのもその頃。然し私の漠とした意志は、何か、どこかに自分の心の落ちつき場所を探り求めていたようだ。見知らぬ八代氏から、「今一番読みたい本は何か」という唐突の質問状を貰って、私は即座にルソオの『懺悔録』と返事を書いた。三日ほどして分厚い包みが小学校へ届けられた。『懺悔録』とベルグソンの『創造的進化』、ゾラの『巴里』であった。その重たい包みを抱えて家に帰って、間もなく私は小学校をやめてしまった。教師の職務に不忠実という罪よりも、魂の打ちこ

めないこの仕事で飯をくうことの空しさを感じたのだ。（略）
私は時々暇をみつけては、一里の道を歩いて八代氏の下へ通った。静観室は全部私のために解放（ママ）されて、無断でどの本を読んでも氏は笑っていた。小説はツルゲーネフとトルストイとゾラのものが多かった。哲学書はぎっしり揃っていた。私は哲学概論からはじめねばならなかった。（略）マルクスの書は敬遠した。大杉・堺・山川と手当たり次第に読んだ。『平民新聞』もよんだ。真っ赤なボルシェビキの訳書はおっかなびっくりで拡げた。哲人カアペンタアも読んだ。八代氏は隠しておいた発禁のクロポトキン著『パンの略取』をとり出してこっそり私の手に握らせた。「魂の本だよ」といった。その書によって私は新しい眼をひらかれた。自分の習作している身辺雑記みたいな小説なんか、実に情けない程くだらなく思った。もし書くなら、全く客観の立場から深い社会思想をとり入れた一大ロマンでなければならぬと吐息をついた。書くよりもまず読むことだと私は鯨のように口をあけた。『ファウスト』を読んだ時、自分もいつかこんな劇詩を書けたらと大それた夢さえみた。

この頃のせいは、いつか壮大な作品を書くために貪欲に知識を吸収していたといえるだろう。
「東京の花岡から求婚されたのもその頃、井上康文から上京をすすめられたのもその頃」とあるように、娘盛りで、文学の仲間と行き来が続いていたことも見てとれる。異性との交流から心が波立つこともあったらしく、代用教員になってから『福島民友新聞』に投稿された作品は、職業に対する悩みと恋愛感情に関する葛藤である。
恋愛の方の例を上げてみよう。

なぜ私はあんな男を恋したらう。常に自分の心に抱いてゐる理想を無視し、まるで若い遣瀬ない心のやり場に困つて好い加減な男を好い加減に恋した好い加減な恋であつたのだ。好い加減な恋！何て矛盾した浅つぽい恋だらう。前後の考へもなく、盲滅法に男を求めてしまつた自分の行為が堪らなく厭になる。そしてそれが自分であつた事を思ふと、常々理性の勝つた彼だけに吐き出したい程嫌悪の情が湧き立つた。さうして少なからずその人格を下げられたやうに思はれいひやうない腹立たしさと悲しさとが混合して、咽喉まで込み上げて来た。

（小星「疲れた心 二」『福島民友新聞』大正五年十月六日）

T兄欺くといふより恐ろしいそして憎むべき事がありませうか。人を欺くそれより も自己を欺いて尚悔いない程哀れな事がありませうか。

偽りを以て正しきを覆ひ、それを強いて自己の心とし、不実を以て真を包み、それ を強いて自己のいのちとしてゐる醜い心！涙が流れます。T兄私の仮設の厭ふべき女 性を思つてみて下さい。再び言ふ。自己に忠実なれと。

今頃あの女は軽い空をゆめみ乍ら香高い二つの花を双手に抱かんとしてゐる事で せう。

（若松小星「或る女」『福島民友新聞』大正五年十月十五日）

何にしても去年の今頃が思ひ出されてならない。私はよくもああまで書いたもの だ。くだらぬ事を無暗に筆に走らせたその向ふ見ずがはづかしい。目下の私は御身達 に一言あの頃の事をいはれやうものなら、消えも入りたいと思ふだらう。

（若松小星「海辺より 二」『福島民友新聞』大正五年十二月三十一日）

いずれの文章も具体的な事柄は書かれておらず、ただ心情だけが吐露された断片だが、小説「彼等」を読むと、これらの投稿内容が下敷きになっていることがよくわかる。「彼等」の内容は、有り体にいえば三角関係ならぬ四角関係である。沼田に好意を寄せ告白する主人公・頼子、恋人・禮吉がいながら沼田の気も引く仁羽子、頼子に気を持たせながら仁羽子に結婚を申し込む沼田、仁羽子の愛を疑わない禮吉、この四人の恋の顚末なのだが、仁羽子が頼子にいう次のセリフが彼らの関係をよく物語っている。

「私はねぇ。あの人に明らかに戀せられ、自分も亦その戀に陥ちてると知り乍ら、一方の心は沼田さんに注がれてたのよ！　あの人との深い戀に陥つてどんなに苦しい思ひをした事か、それはまざまざ眼の前に浮びますわ、それを忘れないで、あの人に愛されてゐる幸福を感じ乍ら、尚それで倦足らずに沼田さんからも戀を求めやうとしたの。何もかもいふわ。それにあなたといふ人が沼田さんに思ひを寄せてる事を察してからは、私の心に妙な悪戯が生れてあなたと競争でもする氣で沼田さんをこちらに引きつけやうと焦つたの。その一方ではあの人との戀を益々深くさせ乍ら……。さうして沼田さんが次第に私の方へ向いて来るのを快よく覺え乍ら、心密かに勝利を叫んだんですわ。その結果はどうでせう！」

そう言いながら罪な女と嘆く仁羽子。頼子に気を持たせておきながら仁羽子に結婚を申し込んだ沼田。その二人に、頼子は冷静を装って、「自分のことは氣にせず幸せになってくれ」と告げるのだが、仁羽子の驕慢さや沼田の狡さをつく本音の部分は、主人公の妹・咲子に語らせている。

咲子は（略）どうしても仁羽子に快よい感情を持つことが出来ない。男を唆るやうな挑発的な容姿からして氣にくはないと口を極めて説いた。女は端正なるものでなければならない。犯されまじき威厳を存してなければならない。絶対尊厳なる貞操を持して、つまり昔時の烈婦の俤が彼の若い心の憧憬となつてゐて、又それが彼の抱いてゐる女性の主張であつた。

物語の核にあるのは、恋愛ごときで心揺れる自分が許せず、そんな自分を破壊して、もっと高次な段階に進もうと決心する主人公・頼子の矜持なのだが、同時に、理想と現実、建前と本音の間で揺れ動く若い女性の心理もこまやかに描かれている。物語が進むにつれ、仁羽子と沼田の人間性がくっきりと立ち上がってくるよう計算されてもいる。

ここにきてせいは、感情的な断片にすぎなかった新聞の投稿原稿を、きちんとした構成を持つ小説に仕立て直したのである。執筆時の十七歳という年齢を考えれば、大いに先の見込める才能といっていい。暮鳥の言うように、今はまだ固く稚拙で、啄木鳥のようにリズムも荒いが、大事に育てれば、立派な花を咲かせる可能性を感じさせる。

しかし、そうと教えてやれる暮鳥はすでに側にはいない。せいの文才を惜しんで東京行きを勧めた井上康文や、わざわざはがきを出して自由に蔵書を読ませた八代義定（やしろよしさだ）という目利きはいたが、結果的に創作の道へは導けなかった。何より彼女自身が自分の力に気づいていなかったふしがある。クロポトキンの『パンの略取』を読んだとき、「自分の習作している身辺雑記みたいな小説なんか、実に情けない程くだらなく思った」というのはその証左であろう。

八代義定は隣村の鹿島町で農業をしながら人類学や考古学の研究をしていた人物で、その人となりを、せいは『暮鳥と混沌』で次のように紹介している。

八代氏は一町近い水田を自ら耕作する純粋の百姓でありながら、その監視のために村の巡査が特別の手当をうけているという、れっきとした社会主義者であり、その頃は人類・考古学に専念していた。後年、福島県文化功労者に選ばれた最初の人だ。

書斎にあてている藁ぶきの隠居所。『静観室』と名付けるそこには、土器や瓦や石器の様々の破片が、いくつもの大きな木箱の中に整理されて、並べられたり積み重ねられたりしていた。その頃氏はまだ三十歳を越したばかりの青年学究であったが、ひどく老成していて、十歳年下の私は時には父親にも思える畏敬と安心をもって、いつもその静観室を訪れていた。私が氏を知ったというよりは、氏が私をみつけたといった方がいい。

混沌との出会い

やがてせいは、時流に浮かされ、社会主義思想の模索に傾いていく。そして、そこに導いた八代義定に紹介された吉野義也（三野混沌）に惹かれていくのである。

新藤謙との対談で、せいは、「私なんか学校も出ていないし、正当な学問も知識ももっていない。ただ読書によって知識をあさってきたにすぎないですよね。／それが、私の生活の指針、基盤となって私を農業に向けてくれたんです。農業に向けたといっても、農業そのものではなく、大地の世界、自然の世界ですね。人間も自然のなかのものである、だから自然のなかとおんなじ、虫、草、木、そういうものといっしょに生きるということが自然の生活じゃないか、そんなふうに頭が傾いてしまって、混沌の生活がいい生活だと思うようになったわけです」（「文体・生活・人間」『6号線』第二号）と語っている。

ここで少し、せいと出会うまでの混沌の履歴を見ておこう。

吉野義也は、明治二十七年（一八九四）三月二十日、福島県石城郡平窪村（現いわき市平下平窪）曲田の農家に、父・吉野徳治、母・たまの三男として生まれた。せいより五歳上である。

家は肥沃な二町歩余の田畑を持った作男も使う中流の農家で、平窪尋常小学校、平高等小学校を出た後、磐城中学校に進学している。そこで病気のため一年間休学するが、再入学してからは、異名が「カントの吉野義也」となるほど哲学書を耽読した。

詩作をはじめたのは、中学卒業後、家業の農業を手伝うようになってからである。同じ頃、平バプテスト教会で受洗し、教会の内部に不信を抱き遠のいたとき、平町の書店で山村暮鳥に会い、終生の友になる。

農家では長男が大事にされ、次男以下は扱いがまったく違う。混沌は三男のため、いずれは家を出て独立しなければならない。家督を継いだ兄は、混沌が教師か網元の婿になることを望んで縁談を持ち込んだが、彼の胸にはすでに開墾生活への夢が芽生えていた。二十歳の混沌の「百姓になりたい」という心境がよくわかる手紙が残っている。

> 私には私の考えもあります。その思いがたえず動き出していて仕方がない。野に出

ても内にいても、働く時も静かにしている時も、いつとなく私は私のことを思うのです。（略）麦一粒の中にどんな心がかくされているのだろう。私にはそれがわからないとしても、生長という一事が百の無滅ということよりも目覚ましく迫って来ます。（略）「実現」ということなのです。初子を生むということなのです。私は私の腹に孕んだ子、即ち私の精神は、生活という初子を生もうとしている。それはいうまでもない。土ごろの生活である筈だ。加えて不便と困難と欠乏との――。生れた子はこれらの惨めな衣を着なければならないことは、万々承知である。（略）私は、その新しい園の農丁とならなければならないのです。

（『暮鳥と混沌』）

無謀だという長兄の反対を押しきって、混沌は二十二歳のとき、菊竹山で小作開墾の生活を始める。その場所を選んだのは、生き方に悩んで霊峰・閼伽井嶽（あかいだけ）の竜灯場で断食をし、下山を決めたとき、遠くにススキの穂波が揺れて白く輝く湖のように見えた因縁の土地だったからだ。

竜雲寺に属するそのススキの原を借り受けた混沌は、義兄への手紙に、「元々こんな不毛の原野に来て自ら耕すのも、私にとっては決して偶然のしぐさではありません。気儘といえば気ままながら、少くとも我自ら我を建設せんとしてのこと、出来得る限り他を煩わすことなく、自分の運命は自分自ら開拓すべくつとめる覚悟です。又それが人間として生れた当然の努力と思います」と書いている。

八代からせいを紹介されたのは、これより四年後の混沌二十六歳のときである。

その間、ある女性を追って、いったん開墾地を離れて上京し、早稲田高等文化学院に籍を置き苦学したり、実家の焼失と自身の病気が重なったため、また舞い戻って、結核で仕事のなくなった暮鳥一家を呼び共に開墾生活を試みたりと、混沌にとっては疾風怒濤の青春ともいえる時期があるのだが、それについては別のところでふれるとして、ここではそうしたことが落ち着いて、再び開墾生活に入った時期にせいと出会ったということだけを記しておきたい。

これより混沌は、終生、近隣の労働者と文学的交流を持ちながら、生活と詩が一体となった農民詩人として、在野で詩を書き続けた。

混沌の葬儀の際、斎藤庸一がせいに、「奥さんは混沌さんと恋愛だったのでしょう」と訊くと、彼女は、「恋愛だなんて。そうでありません。ふつうの見合いでした。まさかこんな人といっしょになるなんて、思いもよりませんでした。変わりもんでしたから、くそばあの、鬼ばばあのと、叱られっぱなしで、とうとう四十八年もいっしょに暮らしてまいりましたが……」と答えた（『詩に架ける橋』）。

しかし、結婚にいたるまでには、娘らしい心の動きもあったようだ。雑誌『あるとき』（第七号）に掲載された草野心平、宝生あやこ、貫恒美、津曲篤子による「〈座談会〉吉野せいさんを偲ぶ」に、津曲のこんな証言がある。

津曲　八代さんによって混沌さんを知ったようですね。娘時代の、ちょうど結婚する直前のノートがあるんです。それに盛んに八代さんの意見とか書いてるんです。非常に社会主義思想に目ざめたころでね。それで混沌さんのことをカアペンタア、カアペンタア、それは暮鳥さんがつけたらしいですけれど、混沌さんの語られた言葉を、ずっとなかなか難しい言葉で、もうたいへんなんですよ、そのころのせいさんの文体というのは。侃々諤々でね、なになにすべからざるなり、というような書き方でね。それで、かっこして「カアペンタアの言」としてあるんです。カアペンタアの社会観とか芸術観とか両性観とか、そういったことが書いてあります。そのころ、恋をしていたせいさんの時代ですね。そういうノートがほんのちょっとなんですけどね、あるんです。それで非常に混沌さんに憧れていたということはわかるんです。

津曲　（略）日記に、結婚したてに混沌さんが平へ出て二晩くらい帰ってこないことがあったんです。そのときなんか女らしくてね、ずいぶん甘いこと書いてあるんですよ。寂しい寂しい早く帰ってきて……なんて書いてあるんですよ。なんかホッとするような感じします、あまり立派な勁（つよ）い吉野せいさんばっかり見ていて……。こんなこと考えて、こんなことを書いていたことがあったのかしらと思ってね。

せいの意外な一面を示す興味深い指摘だが、津曲が見たというその箇所は、公開されている資料のなかには見当たらない。同じ座談会で草野心平は次のような発言をしている。

草野　僕はこの機会に言いたいんですけどね、いま日記が連載されているでしょう。あれはやっぱり日記は日記だけれども、『洟をたらした神』とは違った、これは小説だと。小説というよりも僕は文学と言いたいんだけども、あれはずっと前に書いたには違いないんだけども、もう骨格ができてるね。つまり吉野せい文学というものの骨格がちゃんとできているし、あそこで気になるのは、かっこして中略とか略と書いてあるでしょう。これはまあ遺族から見れば差しつかえがあることがあるんだろうと思いますけどもね、もうそんなことかまわずに、みんな出してもらいたいというふうに、僕は遺族の人に希望したいな、(略)

せいのノートや日記は、一部が雑誌『あるとき』に掲載され、それがそのまま『吉野せい作品集』(彌生書房)に収録されているが、津曲が目にしたオリジナルは、現在も公開されていない。それは混沌が残したノートについても同じである。

何もかもを晒すことが一概にいいことだとはいえないが、このことはせいの文学のかたちを考えるうえで重要なヒントを含んでいるともいえるだろう。

が、今はその問題を離れて、せいの結婚への道行きをたどろう。

結婚への道のり

『暮鳥と混沌』に、せいは混沌と共に生きる決心をするまでのなりゆきを、詳しく描いている。半世紀も経てからの執筆なので、記憶は微妙に変容し物語化しているかも知れないが、混沌の残したノートや書簡をもとに構成した作品であることを勘案すれば、事実に近いと考えても問題はないだろう。

出会いは大正九年（一九二〇）、せい二十一歳、混沌二十六歳の秋である。八代義定に日時を指定されて氏の書斎・静観室に行ってみると、そこに混沌も呼ばれていたのだった。

二人は実は何年か前に一度会ったことがあるのだが、せいはそれを忘れていた。のちに、せいは、「その頃私の家に間借りしていた肺病の青年がいて、そこへひどい野良着の真黒い顔の青年がときどき来て、文学がどうの哲学がどうのと話していました。この百姓青年が義也だったんです。ひどく汚い人で、肺病の人が食べた茶碗で、平気で御飯食べてるの見て、ひどい無頓着な人もいるもんだとあきれて見ていたもんです。ところがこの二人が本を貸してくれた八代さんと親交があって、あとでこの八代さんが仲人になって結婚したんです」(『詩に架ける橋』)と斎藤庸一に打ち明けている。

混沌は梨を手土産に持ってきていて、せいが「これをあなたが、自分でお作りになってるんですか」と訊くと、「何だか悲しみをたたえているような静かなまなざしで」うなずいた。それから話は梨畑のこと、暮鳥や誰かれの消息になり、混沌は「教会をばかにしている娘がいると牧師さんからきいて、おもしろい奴だと思っていました。あなただったんですね」と思いがけない言葉でうちとけてきた。

その折りのことを、せいは、「混沌も私も何も知らないでその術策におちた形。『これじゃまるでお見合いみたいだ』といったら、氏は愉快そうに笑っていた」と記している。

その日は別々に帰り、三日後、混沌から、「お目にかかって話してみたい。×日×時頃浜で待つ」という手紙がきた。せいは迷ったが、浜へは行かなかった。

すると、一週間とたたないうちにまた手紙がきた。少しからだを休めて海の詩を書きたいから、小名浜に家を借りたとある。驚いて八代といっしょに訪ねてみると、ひどい家で、せいは知人に聞き合わせて小さな隠居所を借りる労をとってやり、当座必要なものをそろえるなどの世話をした。混沌も礼を言いにせいの家を訪れ、自然に行き来がはじまった。

そのときの彼の印象を、せいは、「なりふりのない、みすぼらしく俗人離れのした極めて上らぬ風采ではあるが、訥々と語る低い語調や控え目な態度の中に、私は彼のてらいのない魂の美しさをみてとった」と書いている。

彼はときおり菊竹山に帰って畑のようすを見ながら、小名浜にひと月近く滞在し、そこで作った海の詩をせいに見せた。津曲が証言していた、せいがノートに書きとめていたという「カアペンタアの言」は、おそらくこのときに語られた彼の人生観や芸術観だったのだろう。

その後、八代の、「あなたにはいい結婚をさせたいと思う。氷のうらに灯を見るようなぞっとするものを持つあなたを、そのままそっと包んでくれるような相手とね。吉野君をどう思う。いい青年だ。私はすすめたいと思うが」という後押しもあって、ある日二人は互いに相手をよく知るために話し合う約束をし、夜の浜辺に出かける。

それが次の場面である。

月の明るい、十月の夜の海はうすら寒かった。が、すべてが冴え冴えと照り返っていた。私ははじめて混沌とその浜辺を歩いた。（略）岬のふところには三つ四つの漁家のあかりが冷たくまたたいていた。満潮の海は盛り上るように月を砕いて輝いて、巖にしぶきを散らしていた。すべてが水のような月光の下で、潮鳴りばかりが高かった。

混沌は、「一度山に来て自分の生活を見てくれないか」といった。その生活の様子を委しく語った。「苦しさも貧しさも、男の自分でさえやっと耐えているのだから、それはひどいところだ」といった。「然し自分が生きてゆくためにえらんだ唯一の道で、ここより外には生きられないどうにもならないことなのだ。だから他人を強いることは出来ないが、見てもらいたい。考えてもらいたい。見て、信じて、理解してくれたらうれしい」といった。「現在は苦しくとも努力することで将来はひらける」といった。「自分の力を自分のえらんだ道で惜しみなく使い切るのが人生ではないのか」ともいった。

浪の音に消されまいとするためか、彼の声は熱をおびて稍（やや）高くなっていた。冷たい断崖に背をもたせて、私は黙ってきらきらする海を見ていた。（略）そうしていながら私の頭の中では、がりがり音をたてんばかりに混沌の言葉を噛み砕いていたのだ。

「山をおたずねしましょう」と私は素直にいった。彼はいきなり私の手を両手でつかむと、急に驚いたように自分の羽織をぬいで私の背に着せかけた。「寒かったんだね」

　私のからだはふるえていたのか。その時半分私の決心はついていたようだ。この人とその山上で働くことが、ながい間自分の心にたゆたうているもやもやの何かを、ふっきるものであるように思えた。眼の前が明るく、勇気が出て快活になった。混沌と私にとって、長い生涯の間にこのときほど純一無雑なお互いの魂のふれあいをみた崇高な瞬間は、恐らくその後に於てなかったと思う。


　ここで運命が決まったのである。

　彼女にはもともと「自然と一体になり正しく美しい感激の生活をしたい」という思いがあった。その理想を体現している混沌の生き方に惹かれるのは、当時のせいにとって自然なことだったろう。

　しかし、半分決心はついたものの、実際に菊竹山を訪ねてみるとためらいも生まれる。四畳半二間の家は、押し入れに襖もなく、天井板のない屋根裏からは日が透けて見える。壁と柱の間には隙間があって風が吹きぬける。沢の水は百メートルほど下らなければ汲めず、小屋の前にはこれから墾さなければならない藪原がススキの穂を揺らして広がっている。

思わずたじろいだのは、生命の危機を回避しようとする動物的な本能だったかも知れない。

せいはこう書いている。

私はあと十か月、兄が帰るまでは家を出まいと思っていた。母のためにも祖父のためにもそうすることがよかったし、自分自身もまだ手をつけずにある静観室の書籍に執着があったし、住み慣れて愛した海を離れることも心残りだった。結婚に踏み切る前には、なぜかそうしたためらいが深い意味もなく足踏みさせるものだとは、多くの娘たちもいう。

「いまにいい日が来るのを信じていてくれ!」そうした意味の便りを五日に一度は必ず送ってくる混沌に、自分の置かれた状況や逡巡する気持ちを伝えると、混沌は「いつまでも待つ」という返事をくれ、「私は限りなくあなたを愛する。そして限りなく苦闘はつづくだろう」と書き送ってきた。

十二月、せいが再び菊竹山を訪ねると、混沌はよほどうれしかったのか、「よくきてくれた」と繰り返し言いながら、涙で目を光らせた。とうとう決心してくれたと思ったのかも知れない。ところが、小屋の土間で焚き火をしながら、せいは「少し心配になって」と自分の気持ちを切り出した。すると混沌は急に顔を歪ませて、「あなたは私の貧乏をおそれているのか」と切り返してきた。

一体あなたはどっちを自分の生活としてえらんだのか。ここで自分と一つにやりとげようと約束したはずだ。(略)私は信じた。あなただけは恐れずにとび込んで来て、どんなことにも共に耐えられる人だと信じた。けれど近寄ればあなたは逃げる。私が厭なのか。それとも貧乏が辛いのか。(略)あなたは躊躇している。無意味に引のばしているようだ。わからない。えらんだら勇敢に恐れずに進むべきだ。無謀が真実なのだ。(略)私は毎日、仕事を考え、あなたを考え、時には自分の死をすら考えている。

混沌の真っ向からの追求に、せいはすっかり黙りこみ、「完全に敗北の口惜しさで唇がふるえた」と書いている。

「考えます」と立ち上がったせいに、混沌は、「折角来てくれたというのに、まずいことをいった」と謝りながら湯を飲ませてくれた。そして、野良着をぬぐと、たまごを一包み土産にして、駅まで送ってくれた。

汽車に乗る頃には、初雪が降り出していた。道中、ずっと考え続けていた彼女は、ついに結論を出す。


頭と足とが二つに分れてぐらついている自分の脳天から、一本の心棒を自分の手でぐさりと突きさした私は、なにもかもかなぐり捨てて、その山の畑に立とうと決心した。


「覚悟した以上、逃げるなんて卑怯な心は持たない」、それが彼女の矜持だった。

せいはもう少し待てという家族を説得し、八代に仲人を頼んで両家の了解を得た。そして――。

一と月過ぎた春彼岸あけの翌日、行李一つと、机を持たぬ混沌のために、自分が今まで使っていたニス塗りの大きな事務机だけを持って、単身山の生活に引移った。今思うても見事であった。家を出る前にそれまでの原稿も日記も手帳も思いきりよく焼き捨ててしまった。全くのからだ一つ。新しい前途は輝いて見えて、貧窮は勇気をふるいたたせるだけ、みんな小気味よい若さの賜物だった。

それからどんな生活が待ち受けていたのか、その厳しさについてはすでにふれた。そこにあったのは苦労ばかりではなかったろう。

作品集『洟をたらした神』のなかの「私は百姓女」に、彼女は「今は往古も遠い彼方に消えかけている。何だかあてもなくさびしいけれど、でも人間の生きる自然路を迷わずにためらわず歩きつづけられたというこの生涯を、誇りもしないが哀れとも思わない」と書いている。

「それは、さんらんたる王者の椅子の豪華さにほこり高くもたれるよりも、地辺でなし終えたやすらぎだけを、畑に、雲に、風に、ふり切れた野良着の袖口から突き出たかたい皺だらけの自分の黒い手に、衒(てら)いなくしかと感じているからかも知れない」と。

その人間の生きる自然路を迷わず歩いた生涯の最後に、どうして彼女の文学が生まれたのかは、次の章で見てゆこう。

地殻変動が起き、心の奥深く眠っていたマグマが爆発するには、五十余年の歳月が必要だったのである。

第四章　「現実」からの昇華

——自分のものを、わが一つの生涯を書くことだ。あんたにしか書けない、あんたの筆で、あんたのものをな。

（「信といえるなら」）

開墾地の暮らし

大正十年（一九二一）三月、理想を胸に、混沌との開墾生活に入ったせいは、農作業を順次覚えていった。

若夫婦の生活を心配して、米や味噌、野菜や川魚を運んでくれる混沌の父親・徳治が、藪を刈り払う鎌の刃先の角度を手をとって教えてくれ、梨棚をあげる縄の結び方も繰り返し見せて、のみこませてくれた。

梨は花を選りすぐり、その子房がふくらんで梅の実大になるまで病気と害虫から守り続け、一つずつ袋をかぶせていく。冬中墾したごろごろの土は砕いて根っこを取りのけ、からみ合った雑根をかき集めて焼却し、ならして新しい作条をたて、陸稲の種を蒔く。「何もかも力と根気と汗みずくの仕事であった。私の手には肉刺（まめ）がつぶれて、又そのあとに肉刺が出来た」と、せいは『暮鳥と混沌』で、その労働の厳しさに触れている。

それから五十余年後、『涙をたらした神』の出版で世間の注目を集めたせいは、その労働の結果の「手」にも注目された。

ＮＨＫのチーフ・ディレクターである白井久夫は、ＮＨＫラジオの「私の本棚」で『涙をたらした神』所収作品の放送が決まったとき、朗読者の白坂道子とせいの自宅を訪ねて話を聞いた。

うすぐらい電燈の下であった。すき間風のはこぶ寒気が背中にはりつくようであった。固有名詞の読み方から独特な表現の細かいニュアンスまで、また本そのものの内容からその背景にあるものまで（略）話はとぎれることなくつづき、夜は更けていった。思いだしたように、火をかきたて、お茶をいれ、お菓子をすすめてくれるせいさん。その手、その指のなんと太くたくましかったことか。

（「菊竹山の神」『あるとき』第七号）

また、せいの受賞後、一緒にテレビ出演した大宅壮一の妻・大宅昌は、「小柄なその方のたくましい掌を拝見してジーンとしながら、お相手の光栄に浴しました」（「大輪の花」同前）と述懐している。

この二人のせいの手を見たときの感慨は、宮崎総子の次にあげる言葉に集約されているだろう。テレビ司会者の宮崎は、番組の限られた時間内では、「せいの人生」は伝えきれなかったという消化不良の思いを抱えたまま、ＶＴＲを見直したときの気持ちをこう記している。

確にうかがえなかったお話は山程ありましたが、カメラが吉野さんの柔和な顔をとらえたあと、それと対照的なゴツゴツと節くれだった手を大写しした時、そこには土と共に生きた神々しい迄に逞しい母の手がうつし出されたのです。それは、どんな多くの言葉より巧みに吉野せいさんの五十年を現わしていました。

（「逞しい母の手」同前）

そんな労働の端緒の年、せいは初めての収穫を迎えたが、梨は、小作料を払い、肥料代の不足を払い、唐鍬の刃先を整え、梨の苗木を少し購入すると、残額は知れたものだった。陸稲は、夏の旱魃と藪地の哀しさで、実り自体が貧しかった。

混沌の父親が、「辛抱すればやがて――」と励ますように言ってくれるのを聞いて、せいも来年こそという希望だけはふくらんだが、「一の労力に一の報酬のかえって来ない小作農業の生態の冷酷さをはっきり見た」(『暮鳥と混沌』)新婚生活だったといえるだろう。

ただ土に根ざした生活は、金銭的には報われないものの、自然のきびしさの裏にある美しさ、豊かさを、街なかで便利に暮らしている人間には到底味わえない確かさで感じさせてもくれるようだ。

作品「春」は、結婚翌年の春の出来事を描いた短編だが、「白茶けた篠竹の葉の中央の緑が日一日と冴えて、少しずつ少しずつ緑の幅をひろげて来ます」というように、毎日毎日自然と対峙している人間にしか見ることのできない情景に満ちている。

新婚のせいと混沌は、「少しでも広い畑を持ちたい」と開墾に精を出す。それというのも、バンと名づけた赤い犬、にわとりが八羽、あひるが三羽、これらの仲間の胃袋を満たす責任を喜んで引き受けているからなのだ。卵は貴重なタンパク源にもなる。彼らはせい夫婦が畑で働いているかぎり、目の届くところにいて、夕方になるとせいが米を研ぐ沢まで並んでついてくる。あるときせいが、どうにもならない生理現象で一発「空砲」

をあげてしまった。すると彼らは一斉に棒立ちになってクウと高い恐怖の叫びをあげた。その夜、せいは混沌にその実況中継をし、二人で笑いころげる。

　また、めんどりが一羽姿を消したことがある。「一番とさかが大きくてしゃれた形に左に垂れていて、少し緑がかった黒色で締ったからだつきの、人間ならばきびきびと目はしのきく機敏そうな惜しいメス」だったが、いたちか狐にやられたのだろうと胸を痛めていると、二十一日後、みすぼらしく衰えた姿で、十一羽のひよこを連れて戻ってきた。

「卵は唯抱いてあたためてさえいればいいものではなく、表面から全体に平均の温度を与えるために絶えず一つ一つを少しずつ回転させながら、全面に同じ熱を与えてゆかなければ見事な孵化は出来ないのです」とせいは書く。そして、この作品の最後を、「一羽のこの地鶏は何もかもひとりでかくれて、飢えも疲れも睡む気も忘れて長い三週間の努力をこっそり行なったのです。(略)こんなふうに誰にも気づかれなくともひっそりと、然も見事ないのちを生み出しているようなことを、私たちも何かで仕遂げることが出来たら、春は、いいえ人間の春はもっと楽しく美しい強いもので一ぱいに充たされていくような気がするのです」と結んでいる。

　そこには厳しい労働を若さで乗り切り、草木や動物と溶け合って暮らす二人の牧歌的な生活が描き出されていて、ともすれば辛い労働にばかり目が行きがちのわたしをほっとさせるものがある。

もっとも、せいは、空砲の一件のあとに、「その時は笑いころげたこの話も、現在はこの世に少ない静かな美しい楽しい話に思えてならないのです」と記しているから、思い出というフィルターを通して労苦が洗い流された結果なのかも知れない。

この翌年には、定期的に食料を運んでくれていた混沌の生家の、跡を継いでいた長兄が亡くなり、二人はこの先も援助を受けることの苦しさに耐えられなくなる。いよいよ死に物狂いで働かなければならない状況になったが、そうした生活のなかでも、混沌の文学への情熱は衰えることがなかった。

同じ好間村で農業を営む猪狩満直、妻木泰治が出していたガリ版刷りの詩誌『播種者』の仲間に加わってからは、菊竹山の小屋に皆が寄り集まって、夜通し互いの作品を批評したり芸術論を戦わせたりするようになった。

「三野混沌　書誌」(『三野混沌展　図録』)によれば、結婚してから、昭和五年(一九三〇)、次女の梨花が急性肺炎で亡くなるまでの九年間に限っても、混沌は、単行詩集二冊(『百姓』、『開墾者』)の他、『初芽』、『播種者』、『ハンシュ者』、『路傍詩』、『香車』、『乾杯群』、『RR

R』、『OMBRO（影）』、『突』、『無軌道』、『先駆』、『木曜島』、『表現人』、『銅鑼』、『学校』、『一九三〇年』などの詩誌に、計四十回、各一〜三編の作品を発表している。

詩集『百姓』（昭和二年三月）の「序」には、「この類もない拙い詩集を、無数の人々におくる／俺は畑に働く人々と十余年暮した、真実俺達自身のことを働きながら書き上げた」とあるから、それらが本当に生活の中から生まれてきたものであることがわかるだろう。

後年、混沌は、詩人としての自分に話を聞きにきた斎藤庸一に、次のようなことを語っている。

草の実をとったり、花をきったり、稲や麦の茎を刈りとったりしてボク生きてきた。牛も馬も、豚も兎も鶏も、小鳥も殺して、その肉食って生きてきた。（略）ボクなんかいないし、何もないんだ。何もありはしない。芽ばえから収穫まで一緒になって働いて生きてるんだ。しかし、そのさきを、考えるのは怖いな。刈るとき、切るとき、殺すとき、ふっとボクはその怖さにつきあたるんだが、その先考えると怖い。困ってしまう。それを宿命だとか、そのために救われるとか、収穫されて、人間を生かしてゆくことをよろこびとしているとか考えるが、はたしてそうかな。その先考えると狂ったり自殺したりするんだな。だから気がついてみると、食物も住居も着るものも、大変な犠牲で人間は生きているんだな。川があったり、草が生えたりすることも、人間が生きることと並行していて、人間勝手な解釈や意味づけをしてはいけないな。人間よりもっときれいに、生きてる稲や野菜や兎や鳥をとって生きるんだから、人間はもっと怖れなくては。敬虔な気持、祈りをもちたいな。だからボクもないし、何もないのだ。

（「菊茸（ママ）山のカーペンター」『三野混沌展 図録』）

ひと括りにいってしまえば、生死の生々しさや自然に対する畏怖の念ということだろう。それらを混沌は自分の体をくぐり抜けた言葉で語っている。そこから生まれたのはたとえばこんな詩だ。

微風　何と優しい音だ

微風　何と優しい音だ
むぎは穂首を曲げかけた
さらさら穂摺れ
波打ちとぎれて打って来る
どなたも苦労した土地の上
刈り干したむぎにきらきら陽が照り
土地に委せたは
豊かな穫り入れを待った

微風乗せて黄金になり
おれは生きよう
生きれれば何うかなる
微風　微風
おれはよく微風に似た
微風の贈物の

パンを喰ろた
危なかしいので
危なかしい事のない
強みをおれはよく知った

（『阿武隈の雲』昭和二十九年七月）

混沌がこうして詩を書き続ける一方、せいはといえば、結婚した年に、一燈園の機関紙『光』第六号に、高屋光家の追悼文「最後に於ける高屋兄」を寄稿しただけで、その間一編の作品も発表していない。

結婚の翌年七月、せいは長女・和（かず）を町の病院で生んだ。梨棚に手を伸ばして働く作業を出産間際まで続けたため、胎児の位置が変わっていて、子どもは仮死状態で生まれたが、医師の手当で生き返ったという。その後、彼女は、長男・望（のぞむ）、次男・洪（こう）、次女・梨花（りか）と八年の間に四人の子どもを生み、農作業をしながら育てているのだから、一人になってものを書く時間などなかったに違いない。

もっとも混沌も詩を書いていたばかりではない。新藤謙の『土と修羅』によれば、片方二十四キロも入る丸かご二つを天びんでかついで町へ梨を売りにいったり、農閑期には近くの炭鉱の日雇いになったり、村山の下刈りをしたり、好間川の河川工事で働いたりして現金を稼いでいる。せいも子どもたちを留守番させて、トマトなどの行商をするようになった。自分たちの作った作物で食べるだけはできても、現金がなければランプ用の灯油や肥料はもちろん、葉書一枚すら買えないからだ。

初めてトマトを売りに行ったときのことを、せいはよく覚えている。

生まれてはじめての行商を覚悟した私は、新しい上下二段の背負籠にぎっしり九貫（約三十四キロ）をつめた。白い手拭いをかぶった私を子供たちの悲愴な六つの目がじっとみつめている。哀れだった。ずっしりと重い荷を背に一里の道を町へ急いだ。朝日はまだ額の上だったが、汗は少しばかりの涙をまじえて頬を伝わっていた。場末の軒並から呼びかけようとしたが何としても声が出ない。油汗で重荷に耐えながら足は町の山の手、勤め人の多く住む旧城址に向かった。図星は当たった。季節外れの新鮮な大果に主婦達の白い手が伸びた。一貫目三十銭とつけた値もよかったか、三百匁五百匁と小秤りの面倒さも楽しかった。最後に広い廊下の続く大きな寮の台所で私は声をかけた。厳しそうな初老のおかみが籠をのぞいたが、黙って小ぶりの一つをとって皮をむき一切れを口にした。

「みんな買おうよ」咳呵のような口ぶりだった。私は粒を選んで一貫目だけはかり、残りの五百目くらいお負けしますと提供してさっぱりした。

「いい度胸だねあんた」

おかみは微笑して言った。あしたから二貫目ずつ毎日でもいい届けておくれ。うちじゃ三十人もの若い口がぱくぱくしてんだからね――。

一背負いの荷が二円五十銭になった。これは梨二箱の値と同額である。嘆くもんか。何でもいい、いいものを作ることだ。いいものなら人は買う。喜んで食われ買われるものを作ることが、自分達百姓の生活維持ともたれ合う微妙な道となる。私は道々考えた。なぜか自然は大らかに見えて、時に残酷すぎる憂目を与えるけれど、一方でその無慈悲にひるまぬ努力を果たせば、また易々と別な実りを生み出してくれるのだ。

（「未墾地に挑んだ女房たち」『民衆史としての東北』）

ものを作る喜びやせいの気風がよく伝わってくる文章だが、見方を変えれば、このささやかな報われ方でさえ大きな喜びになるほど、経済的には厳しい暮らしだったことを示すエピソードともいえるだろう。

混沌は、そんな生活のなかでも常に軸足を「生活」より「芸術」に置いていた。『暮鳥と混沌』に次のような箇所がある。

秋に収穫したなけなしの陸稲のもち米を二斗売って、混沌は謄写版を買った。それで満直や妻木をはじめ、何人かの若い百姓ばかりが集まって、不器用な手つきで原紙を切り、ザラ紙に刷り、濃いのうすいの曲ったのと大騒ぎしながら、たたんだり、針金でとじたり、インクに変った自分の詩を大声で読んだり、鍬を持つ手や、ねぎや葉っぱを束ねる筋立って短い手指が忙しく動いて、小家の中は足の踏み場もないほど、印刷製本の工場に変ってしまった。最初の『播種者』の誕生であった。掘り出したばかりの馬鈴薯同然な土ころの汚いものであっても、百姓だけでつくった雑誌なんて日本のどこにあるかなぞ、皆の意気は頗る軒昂たるものであった。平から、内郷から、赤井から、菜っぱ服の炭鉱労働者の何人かも、山の坂道を上下しはじめた。

私は子供を負うて、北風の寒い梨畑で野兎にくわれぬように梨の幹を一本一本藁で包みながら、残されている未墾の藪を眺めて、ここはいつ完全に墾されるのやら、さてくらしの楽になる日はいつのことやら、前途は程遠いなと思った。

『三野混沌展 図録』の年譜を見ると、その頃、混沌が詩誌への発表の他にどんな活動をしていたのかがよくわかる。

たとえば、大正十三年（一九二四）七月には、草野心平、猪狩満直、高瀬勝男、中野勇雄、妻木泰治、混沌の六人で詩の講演会を開いている。

それがどんなものだったか、草野心平が記録しているので見てみよう。当時、草野は中国の広東嶺南大学（現・中山大学）に留学中だったが、この夏に一時帰省していた。

自分にとっては暑中休暇を利用しての帰朝だったが、その時自分たちは平の裁縫女学校の畳敷きの広間で詩の講演会をひらいた。ビラを書いて電柱にはりつけたりして。三野、猪狩、中野勇雄、高瀬勝男、妻木泰治、私などが講師というわけだったが、ひらいてみると聴衆よりも講師の数の方が多かった。それではあんまり体裁が悪いので、寄宿していた女学生に頼んできてもらった。その時混沌は多分カンディンスキーの芸術の話をしたように思う。近眼の眼玉をむきだしてドモリながら。会が終った頃は私の生家に帰る汽車はなく、私は初めて混沌の家に泊ることになった。暗い夜道を四キロ程歩いて坂道を登っているとき私の下駄のハナオがきれた。混沌は自分の下駄をはかせ、彼ははだしになって歩いた。朝、雨戸をあけると前の梨畑に朝日がかがやいていた。

（『歴程』第一四三号）

文学青年の意気軒昂ぶりと混沌の人となりが伝わってくる挿話だが、大正十四年から昭和二年の他の「活動」も『三野混沌展 図録』の年譜から抜き出してみよう。

大正14年（1925）31歳
9月4日、第1回詩話会をタヒラカフェーにて開く。
同月8日、カフェータヒラで「詩の会」が行われ、混沌・心平が詩を朗読。
大正15年、昭和元年（1926）32歳
10月15・16日、平町キリスト平教会堂にて「詩展」開催。詩100点を展示。

昭和2年（1927）33歳

同月27日、平町で、当時「文芸戦線」に拠っていた文士たち、蔵原惟人・葉山嘉樹・小堀甚二らの文芸講演会があり、その後の有志による懇談会で、混沌と小堀が論争。

3月8日、上京し、2か月ほど詩友で詩誌「香車」を主宰していた高橋久由の下宿に滞在。

同月31日、詩集「百姓」（土社）を刊行。

4月10日、詩集「開墾者」（土社・銅鑼社）を刊行。

同月25日、東京より帰郷。文芸解放社支部を自宅に置く。

同月26日、文芸解放社主催、平詩人会後援の文芸講演会を開催。

5月2日、平詩の会、春木亭で開催。

同月7・8日、詩及脚本朗読会が開催される。

これらを見ると、混沌が詩作や詩誌への発表以外にも、しばしば家を空けて活動していることがわかる。昭和二年（一九二七）三月には、「上京し、2か月ほど詩友で詩誌『香車』を主宰していた高橋久由の下宿に滞在」とあるから、その間、せいは一人で子どもの世話と農作業を引き受けていたことになる。

この年刊行した単行詩集『百姓』と『開墾者』は、詩人の間では好評だったようで、宮沢賢治が「坂本さんとか三野さんとかの傑れた農民詩人が出てきたので、わたくしなどはもう引っ込んでもいいと思ってゐます」という意味の私信を草野心平に送ってきたという（草野心平『詩と詩人』）。しかし、いずれも自費出版だから、文学仲間が手分けして売ってくれたところで赤字だったに違いない。詩誌への寄稿も講演会や朗読会の開催ももちろん持ち出しだったろう。そもそも、混沌は、「金のために芸術を切り売りしてはいけない」という信念の持ち主であった。

昭和四年から五年にかけて書いたと思われるせいのノートが残っている。

最も煩雑な月日に一生をへらす女、
　彼女らに時を与へよ。
くびきに引ずられて墓にゆく女、
　彼女等に一刻の光がない。

唖、唖、舌をぬかれた女、
　あらゆるものに向つて戦へ。
生活の圧抑、男性の暴慢、子女の重荷、
　それらをぬき去られて始めて女の世界がある。
抑圧のない光に充ちた世界
　彼女等をもつと和やかにする世界。

*

時に飢ゑ、僅かに粗食を以て胃袋を埋めて働く、絶えまない労役、おほひかかる煩雑な手、手、手、払ふ事も出来ず、然もそれをはつきりと認識しつつ、余儀なく働きながら墓場に急ぐ自分等、この生は絶望だ。

正しきよい道を来らすあてもなく、さて又この苦悩を忘れる陶酔も知らず、まざまざと現実をのみ、みつめながら、朝も日も夜もない労働生活。万人糞食らへだ。

ここに至る時、自分は、ほんとに生一本の自分を見る。

あらゆる呪詛と反逆を持つて叫びたくなる。

自分の書きたいものはここに根ざすのだ。

せいの鬱屈が伝わってくるような文章だが、その底に「書きたい」という気持ちがくすぶっているのを感じるのは、わたし一人ではないだろう。

さようなら、梨花

ところが、そんな精神状況の真っただなか、次女・梨花が急性肺炎で亡くなってしまう。昭和五年（一九三〇）十二月三十日、わずか九か月の命であった。

『涙をたらした神』に収められた作品「梨花」は、せいが娘の三七日（みなぬか）（二十一日後）に書いたものを、「想い出をそのままの想い出、鮮烈な想い出とするために、その原文に加筆しないで、彼女の正確な最期を思い出したい」として、収録したものである。

梨花の発病から、死、葬儀までを克明に記したこの手記は、せいの慟哭に満ちていて読むのも辛い。

十二月二十四日の夜から具合が悪かったのをふつうの風邪だと思っていたのだ。二十七日、混沌が「医者を呼ぶか」といった。以下は、そのくだりである。

梨花よ、許せ。私はおし黙っていた。医者にみせたい、みせたいのは精一ぱいだけれど、先立つものは金だ。この夜更け、この暗い不便な山の上に、この貧乏小屋に、大枚の金がなければ医者を呼ぶことは出来ないのだ。財布の底にいくらしかないかを知っている私は、黙って耐えるより外なかったのだ。せめて夜があける明日を待とう。それまでどうかして我が手で癒やしたい。充分に汗をとって、湿布をしてやったならおらぬことはないと私は信じていた。またお前がかりそめにも死ぬとは思わなかった。私たちは一睡もせずにお前の顔を見守り、お前の呼吸を数えて胸を痛くしていた。命を刻むように自分の呼吸が苦しく、胸が痛く、額に冷たい汗がにじんだ。苦しい夜が明けた。

悪いことに、良かれと思って当てた氷のうに目に見えない小さな穴が空いていて、少しずつ漏れていた水が梨花の首筋をぐっしょり濡らしていた。

お前は苦しそうにキリキリと小さく歯を噛んだ。寒かったのだ。どんなにか。（略）お前の肩は冷え、手先まで冷たかった。無智というか無惨というか、悔んでもかえらない失態であった。冷やしすぎたのが悪かったのか、冷えて凍えて病勢を募らせたのか、あれ位の病気で死ぬものでないと私は思う。それのみを思う。恨むか、梨花！

二十八日、混沌が村で唯一の老医者を連れてきたが、もう手遅れだと告げられた。それでも「医者のいうことなんぞ当てになるものか。手当だ。まごころだ。持ち直すか知れない」、そう信じてせいは必死で看病するが、三十日、梨花は、「すうっとまるで引潮のように、いつもお前が乳首をはなして眠る時のように」逝ってしまった。「ごく静かであった。これが死というものか。これが、梨花お前の、否人間一人の最後というものか。あらしは過ぎてぴったりと静止したかたち、右手を私に左手を父親につかまって、お前は眠るように死んで行った」とせいは記す。

それから一か月、梨花の月命日の一月三十日から、せいは「梨花鎮魂」と銘した日記をつけている。

一九三一年一月三十日　晴

（略）家庭内がこんがらがつてゐて、他で別に暮した方がいいといふやうなことを話し合つた。（略）今日は梨花の命日、刻々、想出してたまらない気になる。

一月三十一日　晴

（略）あの日のやうに夕日が地上をはつてゐた。涙がこぼれて仕方なかつた。何か斯う酷い罪を犯してしまつたやうで、それはとうてい拭ひ去れない罪をだ。自分の手で殺してしまつたと同じい感じ。リーコを殺したのは自分にあると思ふ悔ひ。一言の苦痛の叫びもいへなかつた彼女に対しての深い深いざんげ。裸になつて腹の底まで冷え固まつても猶彼女の苦しみを苦しめないであらうと思ふこの苦痛。梨花よ、母の心を思つて瞑せよ。

心労がたたったのだろう、翌二月一日から、せいは寝込んでしまう。「熱が出て頭重い。七時頃たほれて皆に心配かけた。胸が苦しく前頭部が痛んで一夜悪夢を見つづけた」とある。その夢とは、梨花が生き返った夢なのだ。せいはその場にいた多くの女たちに梨花を見せて、「この子は死んで三十日も埋めて置いたのが不思議にこの通り生きかへつた」と喜ぶ。

結局、せいは、この日からまる一週間寝込んでしまうが、その間混沌と子どもたちの優しさに触れて、生活の不満から「他で別に暮した方がいい」と別居を持ちかけさえした自分を省みる。

二月三日　くもり

（略）寝ていると自分の冷酷さがしみじみ感じられる。豊島の一幕物を読んでみて、夫婦間の微妙な争闘を考へる。志操の正しい妻、聡明な妻、女をこしらえる夫、酔つぱらつて毎夜おそく帰つてくる夫、実に勝手極まる夫のふしだらも聡明な妻の石のやうな冷酷さに原因することを知ると、自分にぴりつとくる。ああ、もつと広やかにあたたかく、朗らかに一切を包んでやる心が出ないか。

二月四日　くもり　夜、雨

（略）儒教の修身斉家といふことばを新しく考へ直してみる。愛といふことばの今更に広く深いことを考へめぐらす。

皆して何かをこしらへて自分にたべさせてくれる。感謝。自分は少し謙虚にならなければならない。はだかにならなければならない。

二月五日　雨

（略）なんにもないところに自分を置いたとき、斯うして自分をあたたかく寝かせ、あたたかいものをたべさせてくれるこのにくしんの深い深い愛を思ふ。小さく小さくまるき集まつたこの小さい愛の個々、義務も報酬も求めぬこの小さい愛のかたまり。

こうして家庭崩壊は免れたが、思いはやはり梨花に戻ってしまう。理想を胸に厳しい労働に耐えてきたが、その結果が我が子の死なのだ。

何のために自分はここにきたのだろう。自然と一体になった暮らしをしながら、いつか壮大な作品を書くためではなかったのか。それがどうだ。貧乏ゆえに子どもの命をなくしただけではないのか……。

ギリギリと考えた結果、せいはある結論に達する。

二月六日　みぞれ

（略）じゅばんを着かえようとして、右の乳房の小さくしなびたのに寂しくなる。あんなに張り切つて重たい乳房が、リーコと共に飛んぢやつたか。丈夫でゐたら今頃完全にエンコが出来たらう。そして両手で何かをつかんだらう。リカは段々はつきりと、自分の心の中に生きてくる。母さんは勉強するぞ。リカの成長に注ぐ努力をなあ。母さんの生涯中にいい梨花になつてくれ。（略）童話を少し書いて寝る。

寝込んだことによって、書く時間ができたことは皮肉だが、梨花の死を無駄にしないためには、自分が成長しなければならない、何かを成し遂げなければならない、そんな思いが湧き出たことが見てとれる。

二月九日の日記に、せいは自分が雷に打たれた夢を見たことを記している。

もう駄目だ、これで自分は死ぬのだ。このままで死んでゆくのだと、さうはつきり観念した。死についての恐怖はなかつた。

むしろ一切をやり終つたあとの気安さがあつた。だがこれで自分といふものが、この世から消えてしまふのかと思ふと寂しかつた。もがいても、も一度生きたい気が燃えるやうだつた。ほんとうの死とは、矢張りこんなものではないだらうか、親や夫や子に対しての執着なんかはなかつた。唯自分といふものの一生のはかなさを思はれた。

これを読むと、せいの葛藤が見えてくる。家族が大事なのはやまやまだが、せいは個人としての自分を生ききっていないことの苦しさに喘いでいたのだ。十代の頃より目覚めた創作への欲求は、せいの中心に居座り、生殺しにあっていたといっていい。人間は、どんな状況下に置かれても、常にそこから自分を成長させ、深める要素を見つけているのではないだろうか。せいにとってそれは「書く」ことだったのだ。

紙片に記されたもので、年月は不詳だが、こんな文章も残っている。

唯一つでいい。どうかしてはづかしくないものだけを、唯一つ自分の生の記念として残してゆきたい。すべての方から考へてみて、一番立派なことである。それが……。

床に臥せっている間に書いた童話「石」は、親子が楽しげに農作業をしている話で、和、望、浩(次男・洪の誤植と思われる)と、子どもたちの名前が実名で出てくる。「父さん」も「赤ん坊のリー子」も登場しているから、このときのせいの精一杯の願望が反映しているといっていいだろう。

「石」というタイトルは、太陽の熱を集めて苺を早く生長させるため、親子総出で石を拾い集めて並べている最中、「母さん」が誤って石を落とし、「こほろぎ」を殺してしまったところからきている。「こほろぎ」の死のおかげで蜘蛛と蟻とみみずが助かったという挿話のあと、作品は次のような親子の会話でしめくくられている。

「可愛そうだナこほろぎ殺して」
「仕方あつか、まちがつたんだもの」
「母ちや馬鹿だナ」
浩は死んだこほろぎを指でツツイてゐます。

原稿用紙三枚分の短いもので、作品としてはいささかまとまりに欠けるが、彼女はそれを混沌が寄稿している詩誌『海岸線』第二号に載せた。

家族が仲良く農作業をするというあくまで明るい色調の作品である。その中で、「こほろぎの死」が無駄死とはならず、かつ、「母ちや」が殺してしまったことを「仕方あつか、まちがつたんだもの」と赦すことで、せいは自責の念にのたうつ自分を救ったのではないか。

これが菊竹山に来てはじめての作品発表である。書くことで苦しみを昇華し、ようやく自分を保ったせいは、二月十二日の日記にこう記している。

自分もこれからドンド書かうと思ふ。仕事をしたり書いたりしよう。

梨花を思ふとき創作を思ふ。梨花を失ふたことに大きな罪悪を感じてゐる自分は、よりよき創作を以て梨花の成長としよう。創作は梨花だ。書くことが即ち梨花を抱いてゐることだ。ああ、どうしてこんなにもあの子が可あいいか。丈夫な子達はどんなにもこれから先かまつてやれるが、梨花はもう永久に自分の手が届かないところにゐるのだ。

それは、菊竹山に来たことで梨花を死なせてしまったのなら、せめて山に来たことを、その犠牲に見合う意味あるものにしなければならない、そんな思いであったろう。

それから二週間後、詩誌用の原稿を持ってやってきた混沌の文学仲間から、せいは日本新聞連盟で小説を募集していることを知り、次のように日記に記している。

二月二十六日　晴

（略）運命といへばいへようが、貧富の差で手おくれした事を思ふと血が逆立つ。

梨花は滅んだ、だが母さんは梨花と一しよにゐるよ。洪大な宇宙だ。一瞬の命も五十年の命もどれだけの差があらう。むしろこの限りなき愛、愛惜、梨花よ。やすらかに眠れよ。お前に注ぐ限りない愛心をおもへ。

（略）読売新聞と、北海、河北、新愛知で小説を募集しているさうな。書いてみようかと思ふ。

新聞小説への挑戦

「よりよき創作を以て梨花の成長としよう」と決意したせいのことだ。「書いてみようかと思ふ」という言葉には、並々ならぬ重みがこもっていたはずだ。

この小説募集の告知が、昭和六年（一九三一）二月二十五日の『東京朝日新聞』に載っているので見てみよう。一面である。

横書きで大きく、「日本新聞聯盟の懸賞小説募集」とあり、縦書きの見出し「長篇小説募集の劃期的快擧を見よ‼　賞金一萬二千圓を懸く」で記事は始まっている。

文中、「日本新聞聯盟は有名無名の作家に向つて、敢て自から先づ機會均等を提唱する。踊れ、走れ、潑剌として飛び出でよ。茲に一切の桎梏を破り、一切の情實故緣を淨めて、文壇の片隅から、底流から押し除けられた奇才、下積と爲つた天才人の自由なる出現を待つ」とあるから、プロ・アマ問わずの呼びかけである。

賞金の内訳は、六千円（首席）が一編、三千円（次席）が二編だが、岩瀬彰『「月給百円」サラリーマン』によれば、当時の物価は現在の約二千分の一、庶民の一般的な月収は百円というから、破格の高額賞金だったといえるだろう。

「日本新聞連盟」とは、当時の日本の四大新聞『北海タイムス』、『河北新報』、『福岡日日新聞』、『新愛知』の協力機関で、この四社経営の姉妹新聞を合わせると三十数紙になる。それが当選作を連載小説として同時掲載するのである。

題材は現代に限り、分量は一回四百字詰原稿用紙で四枚、二百回分。

まず四月三十日までに二十五回分（百枚）と全体の梗概約十枚を添えて応募する。次に予選入選者が期日までに（八月三十一日のところを十月三十一日に延長）

(一)　第一萬六千九十九號　(Wednesday, February 25, 1931.)　THE TOKYO ASAHI SHIMBUN　(日曜水)　日五十二月二年六和昭

東京朝日新聞

確實有利な
住友の
生命保險

弊社業績は依然極めて良好で益々順調に發展して居ります
毎年配當付養老保險に對しては昨年度と同樣四分五厘の累加配當を致します
利益配當付養老保險の滿期利益分配金に付ても昨年度と同樣で特別分配も致します
弊社の養老保險は頗る低廉有利で而も經營極めて堅實ですから保險本來の目的からは勿論投資としても優良のものと確信致します
弊社は加入者本位、信用第一、合理的經營の三大方針に據り一層精進して居りますから倍舊の御引立を願ひます

住友生命保險株式會社

日本新聞聯盟の懸賞小說募集

長篇小說募集の劃期的快擧を見よ!!
賞金一萬二千圓を懸く

◇懸賞長篇小說募集規定◇
1. 賞金總額壹萬貳千圓
六千圓（首席）壹篇
參千圓（次席）貳篇
2. 題　材　現代に限る、新聞掲載用長篇小說
3. 分　量　一回の長さ約四百字
4. 報　酬
5. 投稿先　東京市京橋區銀座西七ノ五　日本新聞聯盟事務局へ
6. 締切期日及審査方法　昭和六年八月三十一日限り　但し昭和六年四月三十日迄に先づ廿五回分（百枚）と全篇の梗概約十枚を添へて應募すること
7. 審査員　德田秋聲　中村武羅夫　菊池寛
8. 當選發表
9. 著作權
10. 豫選發表

◇「日本新聞聯盟」とは何か◇
北海タイムス　河北新報
福岡日日新聞　新愛知

日本新聞聯盟事務局

獨逸語講座

ボイラー

三月號

法律春秋

『東京朝日新聞』の懸賞小説募集の広告

残りを執筆し、当選作が決まるというものだった。
選者は徳田秋声、中村武羅夫、菊池寛の三氏である。
これを受けて、二月二十八日の日記に、せいはこう記している。

創作はしてみたいと思ふが、八百枚の構想は容易でない。極くリアルに然かも厳正な批判上より見たリアル、力強く、空想でない流動する群集心理、動作、生活、少しそこいらを歩いて地勢も見たいと思ふが。

何をテーマにするかは、この時おおよそ決めていたようだが、まとめるには時間が要る。混沌のように、何かをしたいと思ったら畑仕事などそっちのけということがせいにはできない。

三月三日の日記を見てみよう。

（略）洗濯や乾物をしようと思つてゐたら、満直さん朝から来る。何もないので下へ行つて何か店から持つてくる。殆ど駈け歩き通して、彼等の為にはこぶ。一日こんな事に費やされて何も出来ずにしまふのはほんとにたまらないことだ。島田と猪狩と三人パンフレットずりしている。

えい、こやしでもかつげ。自分は畑にとりかからう。何といふ遊んだことだ。あそびもしないが、畑仕事はぐんとおくれた。書く、それさへばかばかしい気がする。自分の無能を知つて、ろくでもない暇つぶしをしたつてどうにもなりやしない。

自分の気分をまとめるためには自分は今、誰にも逢ひたくも口利きたくもない。働きながら独りはなれて考へよう。それすらも出来ない。この子どもよ、雑用よ。ああ、泣言はけとばせ。

夜になってからだろう。この日、せいは日記に腹立ちをぶつけている。

現在、家庭の女ほどくだらない生涯を終るものはない。能力があつても徒らにすりへつてしまふ。実に雑多に、殆ど自分の時間とてもなく死んでしまふ。自分は今までこんな生活をいいとして来た。斯うして子供らの為に、家計の為にと見るかげもなく働いて来た。トコヤの鏡にうつる我姿にぞつとするほどの惨めさを感じて眼をとぢて駈け歩いて来た。だがそれのみが自分の生活であつたか。今それを思ふ。自分は自分の力を信ずる。夫や、子供や、家庭の為にの自分ではない。古い考へだが新しいことだ。自分は自分自身の為に、そして自分の力限り広く働くことを思ふ。

自分は今、家庭を破壊したく思ふ。自分は自分一人の生活をして思ふさまうごいてゆきたく思ふ。十年自分は地辺にひつついた。そして今再び青春に返つて飛びたく思ふ。

すやすやと寝息をたててねむる三人の子どもたち、地下のリカ、自分はいつかお前たちと左様ならをつげる日が来はしないか、自分は自分の心をおそれる。あらしだ、うづまくあらしだ。

自分は泣く、泣くぞ、リカ、何といふ狂ふた心だ。みんなお前が死んだからだ。やり場もないこの寂しさをどうするのだ。

母さんはもうこんな生活がいやになつたよ。どこか一人でくらしてみたくなつたよ。何も煩はされないところでな。でも子どもらを思ふと、くさりで首を引くくられるやうだ。

この翌日の日記には、頭が重く寒気がして、夕食をたいてから早く寝たと記されている。五日には、「どうも頭が変だ。気が狂ひさうだ。でなければ死ぬか。何だか非常に疲れてしまつたやうだ。（略）山に入つて十年目、自分は始めて生の倦怠を覚えたのか」と書かれている。

精神の変調は必ず肉体の変調を引き起こす。梨花を亡くして寝込んでしまったときのように、自分のなかで成長したいともがき苦しむ声が、せいの生身のからだから力を奪ってしまったのかも知れない。

六日は、少し剪定をしたあと、「小説の構想を始めたが頭がくちゃくちゃする」と書いている。

その後の日記を追ってゆくと、「午前原稿をかいた」、「夜少しかく」などの記述がしばしば見られ、作品を書き進めていることがわかるが、あくまで畑仕事をしながらである。

四月十一日　くもり　寒し

（略）家内中して畑仕事だ。

自分も書かなければならぬが、仕事はうつちやつておかれない。働かないではちつとも進捗しないから。やれるだけやらう。

ぽかんとしてたんぢや又いやな冬が来る。朝はもう少し早くおきよう。一時間位勉強してからでも、充分、午前仕事出来る位にして。夜も勉強しよう。赤ん坊を育てる努力と思へば出来る。

畑もみつちりやらう。口ばかりでは駄目だ。


そして、四月二十七日、せいは遂に二十五回分、百枚の小説を書き上げる。日記には、「小説漸く出来上ル、思ふやうでないので悲観する」と記しているが、とにかく完成させたという達成感、安堵感のようなものはあったろう。

翌四月二十八日、「小説、平へ行つて出してくる。午后から畑仕事する」と一行だけ記して、せいは、「梨花鎮魂」と題した日記を終えている。


さて、その小説はどうなったろうか。

昭和六年（一九三一）七月十一日の『河北新報』に、中間報告が載っている。

見出しは、「懸賞小説　豫選入選作　三十一篇決定／愈よ殘餘原稿の執筆を求め　最後の決定に入る」である。

応募総数二一六六編。空前の応募数なだけに、「豫選に対する三選者の態度は慎重細心、熱意と努力の全傾倒をもつてなされた」とある。

三十一編の予選入選作のうち、三選者共通選は六名のみである。せいの作品「新原炭礦地帯」はそこに入っていた。

大きな活字で、「新原炭礦地帯　福島県石城郡好間村北好間　吉野せい子」と印刷された文字を目にしたとき、せいはどんな気持ちがしただろう。

その作品がどんな内容だったのかは、残念なことに原稿が残っていないので不明だが、せいの住む好間町は、明治の初年から昭和四十三年（一九六八）まで石炭産業で栄えた町である。大手では古河好間炭鉱、中小炭鉱では隅田川炭鉱、小田炭鉱などがあった。せいの日記

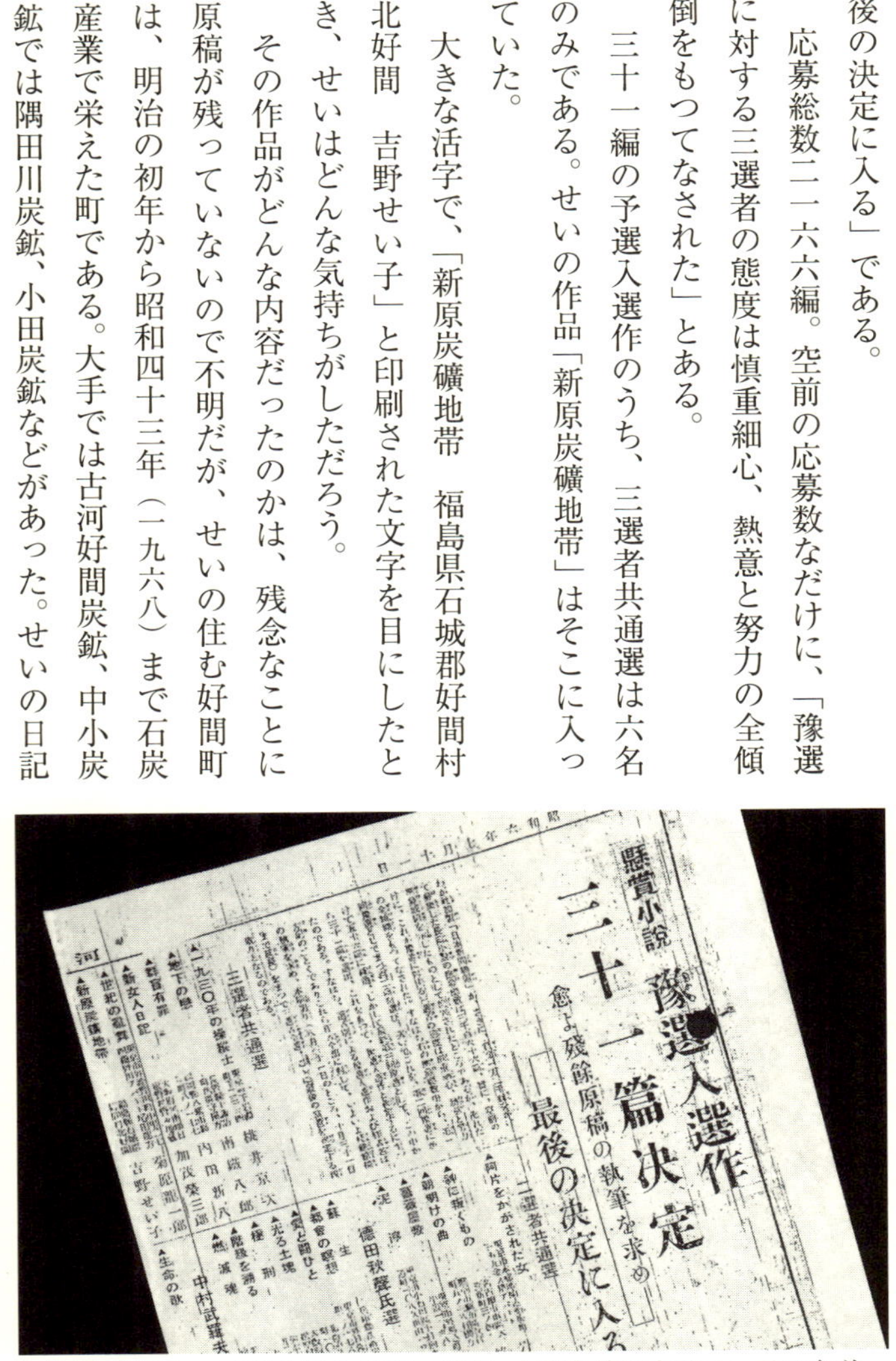
懸賞小説
豫選入選作
三十一篇決定
愈よ殘餘原稿の執筆を求め
最後の決定に入る
三選者共通選
▲新原炭礦地帯　吉野せい子

『河北新報』の予選入選作発表の記事　上段左端に吉野せい子の名前

には、「夕方村瀬、大河原来て夕食してゆく、炭坑の事をいろいろと聞いた」、「夕方、満直来て泊る。炭坑の事や機械の事などきく」等の記述があるから、好間炭鉱に詳しい人たちの話を総合して、架空の「新原炭礦」の話として書いたのかも知れない。『涙をたらした神』所収の作品「ダムのかげ」で、せいは炭鉱のことを詳しく書いているが、その執筆にまつわる次の談話を読むと、「新原炭礦地帯」も、絵空事ではない、生活の実感がこもった作品だったろうと想像される。

あの頃はまだ炭鉱がさかんでしたからね、それに家には炭鉱の若いひとたちがよく遊びにきたんです。若いひとたちだけでなく、混沌というひとはどんな人間も好きでしたからね。それに炭鉱のひとたちも『ずりやま』というパンフレットをつくっていて、それを混沌がみてやって、いろいろ指導もしたりして、まあいろんなひとがよくきました。それに私自身、炭鉱に興味をもっていた——炭鉱の資本にではなく、炭鉱ではたらくひとたちの生活に興味があった。それに私は出荷できないきずものの梨をしょって炭住長屋を行商して歩いたんですが、それもひとつには炭鉱のひとたちの生活をしりたかったからです。

そこで炭住のおかみさんたちとも仲良くなって、それこそ私はほんとうの百姓場のおっかさんでもってね、「商売もたいへんだない」なんてやりますから、安心してなんでも話してくれましたね。

（略）ただよくきいたんですよ。炭鉱のなかの様子なんかも、たいていは事実にもとづいて書いたもので、まあ想像したところもありますが、いま炭鉱ではたらいているひとが私のところにきて、あれとおんなじだ、というんですよね。「吉野さんはなかに入ったと思ったよ」というんですね。それで私はああよかった、たいしたまちがいはなかったんだな、と思って……。

（吉野せい、新藤謙「対談　文体・生活・人間」『6号線』第二号）

予選を通過した後、この作品の残りを完成させたのかどうかは確認できていないが、後年、せいは斎藤庸一に、「結婚して五、六年経った頃ですか、働いてばかりで一生終わるのはつまらないと考えて、夢中で夜ねないで、小説書いたこともあります。その頃新聞で菊池寛と中村武羅夫の選で募集があって、その小説に応募したら、佳作に入りました。純文学としてはいいが、新聞小説としては向かない、という評でした。それきり書くのはやめて、ただ忙しく働いて、こんな婆あになってしまいました」（『詩に架ける橋』）と語っている。

意志の強いせいのことである。とにもかくにも完成させ、それが佳作に入ったと考えるのが妥当だろう。詩人の更科源蔵が混沌を訪ねたとき、せいが「半天一枚に油気のない髪をうしろにひっつめて」、日本新聞連盟の懸賞「小説の書きあげに、惨憺たる努力をしていた」という証言がある（『北方文芸』昭和五十一年十一月号）。

また、四男・誠之（せいし）も、「新聞の懸賞小説には何度か応募したようです。最終選考まで残って、励みになったとおふくろから聞いたことがあります」（「菊竹山にて　母との想い出」『いわき市立草野心平記念館』第四号）と語っている。

ちなみにこのときの当選作は、首席が内田新八の「郡盲有罪」、次席が谷口清子の「白色の虹」、田口昇の「都會の瞑想」であったが、最終段階まで残ったことに確かな手応えを感じて、「書く」意欲はいよいよ膨らんだに違いない。

しかし、その翌年の昭和七年（一九三二）一月に、せいは第五子である三男・峻（しゅん）を生んでいるから、このときすでに妊娠していたことになる。新生児は昼夜を問わず授乳とオムツの交換をしなければならない。しばらくは赤ん坊の世話と畑仕事で手いっぱいだったろう。

おまけに農村は不況時代で、この年、混沌は果樹出荷組合を組織し、組合長になっている。やがて革新思想に対する弾圧が厳しくなり、アナーキスト系のリーダーとにらまれ、家宅捜索を受けたりもしている。昭和十年十月には四男・誠之が生まれ、翌月、混沌は平警察署特高課へ連行され、留置されて拷問を受けている。その間、子どもの養育と畑仕事は、老母が手伝いに来てくれたとはいえ、せい一人に背負わされているから、「書く」時間など持てるはずもなかったろう。

昭和十五年(一九四〇)十一月には三女・黎(れい)が誕生し、その後、日本は太平洋戦争に入り、農家に対する農作物の供出負担はますます重くなった。

戦争が終わり、農地改革が起こると、混沌は農地委員会の小作委員になり、その無償の仕事に没頭して、家の仕事は完全にせいと子どもたち任せになった。

そんな生活を振り返って、せいは新藤謙に次のように語っている。


生活というものを私は自分の肩にしょっていたような気がしていましたからね。それに六人のこどもを育て、六人のこどもに多少教育なりをして、それを仕上げようとするのには、生半可な労働ではできない。しかも先祖さんからあたえられた肥えた土地を耕してゆくんなら相当の収穫もありますが、こんな赤粘土のね、赤松林といえば最低の酸性土壌ですからね。それをおこしてそんなところから辛うじて食うだけが精いっぱいの生活をしてきたんです。主人は割合に、家のことより他人のことのほうに眼をむけるひとでしたからね。だから自分の労働の苦しさというものは、自分が負って生活を支えなくちゃこどもたちを飢えさせるし、教育もしてやれない。こういう主人にたよっていたんじゃ……。このひとはこのひとの生き方でいい。そこをはっきりと……。弁解じゃなくて、主人の生き方のりっぱなことは認めていましたよね。ひとのためにあれほどにはたらけるひと、そしてひとのために涙を流して、自分がどんな貧乏な恰好をしながらも、やっぱりそういうひとたちのために一生懸命になって、自分が家へ帰ってきて麦めしのボロボロめししか食えないんだけど、そういうひとたちのためにはたらくという度胸は私にはないんですよね。どちらかというと、女っていうのか、弁解するわけじゃないけども、自分の生活のために、自分を中心にした生活をしなくちゃならない、それ以外は、なんにもない（力強く）ってね。（略）全然主人っていうのは――それは開墾時代は主人は一生懸命にやりましたけど、だんだん主人が年をとってきて、社会的にいろんな仕事——農民組合とか農地解放とかいう問題および自分の詩を書くこと、文学の仕事ですね、そういうことのほうに全部主人の魂がいって、家庭というのはあまりかえりみなくなってきた。

なにしろあのひとときたら、朝鍬をかついで畑へいっても、詩ごころが湧いてくると、畑に坐って、半日も詩を書いているひとでしたからね。

（「対談　文体・生活・人間」前出）


「女性がものを書くには、鍵のかかる自分だけの部屋と五〇〇ポンドのお金が要る」——ヴァージニア・ウルフの有名な言葉を思い出すが、せいにはその両方がなかったうえに、一家の生活がかかっていたのである。

だが、そんな環境下でも、せいは「それきり書くのはやめて」しまったわけではなかったようだ。

四男の誠之が、「私ら子どもから見ても、書くことが好きそうでした。夜中に起き出して、ちょっとしたメモや日記の様なものを書いていました。当時は何やってるのかなと思う程度でした。メモをとるのは大事なことですよね。（略）残ってるかどうかわかりませんが、おふくろにはタイトルばかり書いたメモのような日記がありました。映画監督ならタイトルや、主演を誰にして、というふうな構想が、ぱっとひらめけば作品になるのでしょう。そんなことをやってましたね」（「菊竹山にて　母との想い出」前出）と話している。

メモをしていたという証言は他にもあって、大宅壮一賞の授与式に同行したいわき民報社の小野姓広が、同じく同行した三人の言葉を記録している。

《小さかったころ、雨が降ると、よく母はノートにメモしていたようだ。とにかく記憶力がすごい》

（次男・洪）

《せいさんも畑作をしながら、似たもの夫婦で、よくメモしていたのをみた》

（大河原一次）

《せいさんは、いつもノートにメモしていた。この作品が突然生まれたもんじゃない》

（高瀬勝男）

（「第六回大宅壮一ノンフィクション賞　受賞パーティーにのぞんで」前出）

また、昭和三十五年（一九六〇）、せい六十一歳のとき、混沌は斎藤庸一に次のように語っている。

あれは小説かいていたからな。十七、八からずっとこの頃まで書いていたな。読売と国民新聞など四社で長編小説を募集したことあったんだ。菊池寛のいたころだ。千二百三十篇集まった。その中から九篇入った。予選にうちの婆さん入ったことあるんだ。『土べら』という小説だったな。（略）サンデー毎日にもよく投書して、佳作ぐらいに入っていたんだ。あの婆さまがな。まあだ書き不足のような顔して、年とってしまったな。

（『詩に架ける橋』）

せいが応募したのは、先に見た日本新聞連盟の懸賞小説で、正しくは応募総数二一六六編、三選者共通選は六編、作品名は「新原炭礦地帯」だから、混沌の記憶は正確であるとはいえないが、事実とそう離れてはいないともいえるだろう。

このときの中間報告の記事中には、選者の「豫選入選者への注文」として、「どうも優れた題名がないことだ。題名はわれ〳〵作家としても苦労するが、新聞小説は特に題名の優れたものでないと、読者大衆を惹きつける力に乏しいから、その点をしつかりして貰ひたいと思ふ」とあり、それを受けて題名を「土べら」に変更したことは充分考えられる。

『サンデー毎日』への投書については、大正五年（一九一六）から昭和三十四年（一九五九）まで公募していた「サンデー毎日大衆文芸」の入選者一覧のなかに、せいを推測させるペンネームの作者は見あたらない。が、彼女が本名とは別のペンネームで応募した可能性や、混沌の記憶違いで別の雑誌だった可能性もある。それらを考え合わせると、「よく投書していた」という話がまったくの作り事だったとは考えにくい。

混沌は詩作が生活の一部になっており、家にはいつも文学の仲間たちが出入りしていた。彼らはいろいろな書物や思想、情報をもたらし、せいは読書を欠かさなかった。労働は厳しく、暮らしは貧しかったかも知れないが、常に文学の気配が漂うなかで「書こう」とし続けてきたからこそ、せいの晩年のあの爆発ともいえる実りが誘発されたのではないだろうか。

混沌との別れ

梨花の死が引き起こしたのが、第一の爆発なら、混沌の死が引き起こしたのが、第二の爆発だともいえるだろう。

昭和四十五年（一九七〇）四月十日、混沌は就下性肺炎のため、七十六歳で死去した。二年ほど前から脳軟化症を患い、視力も衰えて、寝たり起きたりの生活の果ての最期だった。その前年までは詩誌を刊行したり、『歴程』他の雑誌に寄稿しているから、生涯詩を書きつづけた初志貫徹の人生だったといえる。

半世紀近く苦楽を共にしたこの夫の死に接して、せいは改めて自分の人生を振り返らざるをえなかっただろう。梨花を亡くしたときは三十一歳の若さだったが、今度は七十一歳である。死に対する切実さが違う。

長年、混沌と交流してきた文学仲間が、『歴程』で追悼号を出してくれたり、詩碑の建立を企画してくれたのは、彼の真摯な歩みの結果だったろう。

脇坂吉子の小説「あぶくま幻影」(『吉野せい賞受賞作品集』)によれば、混沌は地元ではわりあい名が知られた存在だったという。山村暮鳥が混沌の小家の入口に〈若きカーペンターの家〉と書き残して去ったという話が、伝説めいた神秘性をもって語られていたという記述や、彼の家へ文学仲間が集うことが「菊竹山参り」と称されていたというくだりがある。

また、死去に際して、斎藤庸一が『福島民報』に寄せた追悼記事「三野混沌の死」には、「ここの二里四方は、日本の詩の不思議な磁場だった。上小川に草野民平、心平、天平の三人の兄弟詩人が住み、平に山村暮鳥がいて、好間に三野混沌が住み、川中子に猪狩満直が百姓しながら詩を書いていた。そしてお互いが厚い友情で結ばれていて励まし合っていた。心平さんの村からは櫛田民蔵も生まれていた」という記述がある。

そんな詩人としての夫の追悼号に寄稿を求められたせいは、彼の残した詩稿やノートを読みはじめ、「故三野混沌略歴」と「さいご」と題した文章を寄せている。

葬儀の日は、棺の通る小径の両側の花畑に、真赤なチューリップが陽を浴びて焔と燃え広がり、向い合って純白の雪柳が、清純な枝々をつつましく地にたれて見送っていた。五十年に近い昔、二人で扶け合って墾した粘重な薄土に、今はこの華麗な花を咲かす地力を残した。悔いはない。

地底深く棺を下して、数々の花々を投げ込み、かけた土は家の畑から運んだ土、あなたの墾した畑の土。見ておられた心平さんは、これでいいんだといってくれた。

（「さいご」『歴程』第一四三号）

穏やかな文章である。その追悼号が届いたとき、せいが草野心平に書いた礼状の文面――こんな東北の片隅に　ひっそりと生れ、ひっそりと生き、ひっそりと死んだ混沌が、皆様の真実な思い出の中に生きられるということ、それはどんなに美しく、しあわせなことか、私は　思はず　父ちゃん　いいねえ　と心の中で拍手を送ったことでした――それは妻としての心からの言葉だったろう。

同じ頃、せいは、夫の死を文学者の死として丁重に報じてくれた『いわき民報』に、その『歴程――三野混沌追悼号』を送るが、同封の手紙に、「混沌の書き残したものは厖大に雑然として手許にありますが、自分の心の落ち着き次第、徐々に整理してゆくつもりで居ります。その間折にふれて、貴紙上をかりて何かを書いてゆきたいというような思いも持って居りますが、お許しいただけますでしょうか」と記している。そして、これが、『いわき民報』で「菊竹山記」を連載するきっかけとなった。

「菊竹山記」執筆前に、混沌の詩友であった日野利春に宛てた手紙には、「いわき民報へは　菊茸（ママ）山記とでも題して書こうかと腹案を立て、います　義也がここへ住みついてから死ぬ迄の間、この山をのぼり下りした親しい人達の面影を、その苦悩を　その友情を――。そしてそのつながり、そのことがいわきの文化系統の線をつづけて来たことを考えます。（略）押入の中をさがしてみてみつけた当時よこされた暮鳥さんの手紙や『苦悩者の山居前記』以外に『菊茸（ママ）山の友よ』として書かれた雑誌の文章・義也からきいた私の記憶、それに当時の小屋の形相など思い浮べますと　あらかたは想像されます　私見は加えずに　淡々とその事をだけ描写するなら　下手糞ながらも　何とかやれそうに思います」と書いている。

　家業を継いだ四男の誠之が一人前になり、老齢のため徐々に労働を減らしたせいは、この年の十一月十六日から翌々年の十一月六日まで、四十一回にわたって『いわき民報』に随筆「菊竹山記」を断続的に連載した。

一方、草野心平は、せいの筆力を見込んで、混沌と暮鳥の交流について書くよう依頼してきた。

暮鳥は平の教会を追われて結核を患ったとき、混沌の招きで菊竹山に一家で引き移ったことがあった。あいにく感染を怖れた村人の激しい反対にあい、一家は一週間で山を去ることになる。

せいは、「山村暮鳥がなぜ福島県好間村の僻地に、たとい僅かの間にせよ住みついたのかという因縁が、暮鳥の生涯の年譜の中に微かな疑問符を付した盲点のまま永久に消え去ろうとしていることを、草野心平氏が惜しまれて、唯その地に住んで開拓を続けて来たに過ぎない凡そ場ちがいといえるだろう私に、埋れた基底を掘り出して、暮鳥の系譜の切れ目をつなぎ合わせてくれぬかとおすすめ下さいました」（『暮鳥と混沌』あとがき）と述べている。

まとめた原稿を心平に送ったところ、「いま198枚読み終ったところ、ぼうっとしてしまいました。よくも短期間にこんなに書きあげられた事と驚いています」という葉書（昭和四十六年二月五日消印）が届いた。さらに、限定三百部ながら歴程社から出版されること、もっと書くよう勧められたらしいことが、せいの心平宛の手紙（昭和四十六年推定、十月五日）から推察される。

前略　ご免下さいませ。

おどろきました。考えこんでしまいました。

日野さんからの御伝言で、暮鳥さんが去平した当時の真実を書くこと。唯それだけの着想でみつけ出したぼろ〲の暮鳥の手紙を立軸にして表に立て、混沌の動きは軽く狂言廻しとして扱い、私の奈落にたったのでしたが――。

あなた様が適当に取捨して下さるだろうと、のほほんとして居りました。

あなたの限りない御友情は、涙の出るほど嬉しうございます。

書けるものなど書きたいと精一杯想います。

然し何にしても不安です。恥さらしがオチだとも思います。

でも、亦、やってみようかという誘惑も感じます。

目下、私、梨の収穫がはじまって、市場への出荷、注文品の荷造りと、この二十日頃まで、毎〲働らく予定で居ります。その間、お手許へも送ります。歴程社の皆様にもたべて頂きとうございます。

としのせいもあり、からだは疲れがちです。でも気だけは頑張っています。二十日頃までにケリをつけて、その後は自分の静かな時間を持ちたいと念じて居ります。

考えさせて下さい。

やれること、やらねばならぬこと（一生のうちに）。

何故か後者の焦りに似た吸引力が私を引張るように思います。

あなた様の御指示を素直にうけて努力してみようかと考えています。

でも、どこからどうやってはじめて、どうまとめたらよいのか、背中が重くなります。

その翌年の四月九日、友人知人の寄金によって、菊竹山の畑の一隅に、心平の書になる混沌の詩碑「天日燦として焼くが如し出でて働かざる可からず 吉野義也」が建ち、除幕式が行われた。

その折のことを、せいは「信といえるなら」という作品に仕立てているが、やや背を丸めて野天に立った心平が、「俺があんなに苦労して墾した畑にこんなものを建ててくれて、土地を損したなと混沌はしょんぼりしてるかも知れない」と挨拶すると、参会者は一斉にどっと笑ったという。

式のあと、ゆかりの深い人たちが狭い小屋いっぱい勝手気ままに席をとって、酒を飲みながら生前の思い出話をした。天井あたりを眺めていた心平が、「昔はこんな天井などなかった」というと、せいは、「ええ、大風が吹くと屋根の木羽が飛んじまっておてんとさんの細い光線の縞や、垂木の間から青空がぽちぽち星のようにのぞけたものでした」などと答える。

「雨も風も何だかこの小屋ばかりを叩きつけていたような気がする」

「みじめでした。破れたふすまの風を防ぐ紙すら買えないので、混沌の書き散らした原稿用紙をべたべた張りつけていたら、目玉のとび出る程叱られましたっけ」

次から次へと飛び出す昔話に、「そういうことを今になってもよくはっきり覚えているんですね」と誰かがいったときだ。

続きはせいの文章で見よう。


突如、心平さんは私の方を向いて膝をつき合わせると、その右手は私の左手を、左手は右手をしっかり握りしめたまま、深く頭を垂れ、額を私の胸にぴったりつけ暫くの間じっとしていた。五十年間土できたえた私の骨太い指よりも、ペンを握りつづけたこの人の十指の力は凄まじい握力だ。額をあげたその鋭い眼はつい鼻先から射すくめてくる。

「あんたは書かねばならない。私は今日混沌の碑を見るためと、あんたにそれをいうために来た」

私はぐっと胸に応えた。

「いいか、私たちは間もなく死ぬ。私もあんたもあと一年、二年、間もなく死ぬ。だからこそ仕事をしなければならないんだ。生きてるうちにしなければならないんだ。わかるか」

「わかります」

「わかったらやれ。いのちのあるうちにだよ。死なないうちにだよ」

「正直いえば――」

私は少し吃った。

「混沌がのこしたものだけを整理することなどでなく、はっきり離れた自分自身が書きたいものを書けたらと思います」

私は相手の眼玉に自分の視線をつきさしていった。

「それだよ。自分のものを、わが一つの生涯を書くことだ。あんたにしか書けない、あんたの筆で、あんたのものをな」

だけどこの私にどれだけの力が——。もぞもぞ不安をいおうとしてぴしり叩き伏せられた。

「生命がないんだ。無駄に生きられない息ある限りの仕事だ。何でもいいから書けよ。ね。一年、二年、私もあんたも、いいか、わかったか」

「はい」

私は大声ではっきり答えた。老いかれた身内に熱いものが流れるように覚えて、その直截な真情に何か知らず涙がこぼれそうになるのをぐっとこらえた。

（「信といえるなら」）

せいの力量をはっきり認めたこの心平の言葉があったからこそ、このあと彼女は、その信頼に応えて作品を書き続けられたのだろう。

タイトルの「信といえるなら」は、友人たちが混沌の碑を作ってくれたことに対しての言葉だが、その「信」はせいの中にひそむ力にも及んでいたということだ。

このあと、石選びから始まり一切の責任を負って碑の建立に奔走した大河原一次と心平が、抱き合うように手を握って打ち振りながら、

「ありがとう、ありがとう、よくやってくれました」

「みんなで精一ぱいやりました」

「混沌のために私はうれしい。よくここまでしてくれたかと――」

といい合うのを目のあたりにして、せいはこう書いている。

一体誰のためにだろう。自身のことではない。唯友であったひとのために、既にどこにもいない、ありがとうと一言の感謝もいわない消えてしまった者のために、こんなにも心から喜びあい感激しあいねぎらいあう。今ここに集まっている誰もが、氷雨の中を訪れてくれた人々が、又遠くから力を貸してくれた一人一人の真実の友情が、今日見事な花を咲かせてくれたのだ。報いを求めずに唯一方的につくす、それは愛という美しい言葉によっていろいろの形で芽生え育ち培われて、真実の果実の味を心の世界にひたし充たしてくれる。しかし今度のようなこの成り行きを私は愛によってと

昭和五十四年四月十六日、神奈川県鎌倉市、東慶寺
田村俊子賞授賞式にて　草野心平（左）と吉野せい

も友情によってともいい足りぬ、人間同士の心の奥に流れ合う凄まじい信頼からといい切りたい。（略）この信頼こそが生きる者同士、真実の生き甲斐ではなかろうか。死刑台上の友への信を守り抜くために走りつづけたメロスの群れが、いつか私たちの近くにもひたひたとその足音を満たしてくれていたことに気づいて、私はしわがれた感謝の声を、微かながらものどを開いて精一ぱいに振り絞りたい。

（「信といえるなら」）

この作品をそうしめくくったせいは、ここから三年をかけ、『涙をたらした神』の作品群を生み出していくのである。

それらの短編は、混沌の知己である串田孫一に送られ、雑誌『アルプ』に四作が掲載されたのち、彌生書房より十七編を収めた短編集『涙をたらした神』として刊行された（普及版は「飛ばされた紙幣」を除き十六編）。

この頃、串田孫一がせいに宛てた葉書に、「アルプの十月號にはあれを載せさせていただくことにしましたから、別にお書き下さるには及びません。そして、また、菊竹山記のある部分がお出来になりましたら、是非拝見致し度く、アルプには勿論、私に出来るようなら、他の雑誌にも紹介したいと思っています。これからと思って、また混沌さんへの御供養とも思って、お書き下さい。期待しております」とある。

『涙をたらした神』の「あとがき」には、「無知無名の拙い文をなぜ串田先生が真情を以て拾い上げ、彌生書房主が刊行に踏み切って下されたか、日頃奇蹟を信じない私は、唯黒い手を胸に組み、頭をたれるばかりでございます」と記されている。それが第六回大宅壮一ノンフィクション賞、第十五回田村俊子賞を受賞して、ジャーナリズムやマスコミの話題となったことはすでに述べた。七十六歳にして訪れた人生の「春」である。受賞について、真尾悦子に宛てた葉書に、せいは、「何にも捉われず、飄々と野の風に吹かれていたのが、生々しい手につかまれて引戻された感じ。煩わしくは思いますが、この望外の賞を　白髪あたまで受けるのが素直だと思いました」と書いて喜びを噛みしめている。

かつてせいが短編「春」で書いためんどりの姿を、なぜかわたしは思い出す。

一羽のこの地鶏は何もかもひとりでかくれて、飢えも疲れも睡む気も忘れて長い三週間の努力をこっそり行なったのです。（略）こんなふうに誰にも気づかれなくともひっそりと、然も見事ないのちを生み出しているようなことを、私たちも何かで仕遂げることが出来たら、春は、いいえ人間の春はもっと楽しく美しい強いもので一ぱいに充たされていくような気がするのです。

第五章　虚実の間から見えてくるもの

――底辺に生き抜いた人間のしんじつの味、にじみ出ようとしているその微かな酸味の香りが仄かでいい、漂うていてくれたらと思います。

（『洟をたらした神』あとがき）

小説か記録か

『涙をたらした神』は、開墾農民の妻として生涯のほとんどを子どもの養育と農作業に費やしたせいが、実際の体験を題材として、「その時々の自分ら及び近隣の思い出せる貧乏百姓たちの生活の真実のみ」（同書「あとがき」）を描いた作品集である。

収められた各作品の末尾に「昭和五年夏のこと」というように年代が記してあり、作者自身が「あとがき」で「ちょうどその頃の出来事であることを示したもので、作品を書いたのはここ三年の間のことです」と述べていることや、大宅壮一ノンフィクション賞を受賞していることから、事実そのままを描いた作品と受け取られることが多かった。

大宅賞の受賞パーティーで、『福島民友新聞』の記者にインタビューを受けた草野心平は、「〝涙をたらした神〟はいわゆる農民小説ではない。それはね、いわゆるということは、ふつう作家が農民小説を書く。だが、せいさんの場合はね、本当のどん百姓で、農民小説というものを書こうなんてことはなかったわけ。ただ自分の記録を、それこそノンフィクションをね、書こうとしただけのこと。それがパキッといったんだね。その点がすごいと思う。単なる記録でなく、文学になっている。（略）文学として堂々としており、それだけのものを持ってるんだな」（小野姓広「大宅壮一ノンフィクション賞 受賞パーティーにのぞんで」）と答えている。

また、串田孫一は、せいの死後出版された『吉野せい作品集』に次のような文章を寄せている。

吉野さんが書いたこれらの文章を、分類好きの人達は小説だろうか、それとも事実の記録だろうかと考え、私もそのことを質ねられたことがあった。文学に限らず、藝術の様式などは、別になくてもいいものであって、既成の様式を何となく考えて、それに合わせて書くように心掛ければ、偽りごとが文章に罅（ひび）を入れ、それだけで値打ちのないものにしてしまう。

それでは自由で楽だろうなどと想像する人がいるかも知れないが、作りごとを許さない文章は未開の土地を開墾するのと同じように苦しい。力を惜しむような気持があっては不可能である。

（「感想」）

さらに、文春文庫『涙をたらした神』の解説で、扇谷正造は、「大宅賞の銓衡委員の一人として、はじめてこの作品を読んだ時、私は、異様な感銘をうけた。第一は硬質といおうか、剛健といおうか、その文体だった」と述べている。

これらの発言を見ると、そのいずれからも、せいの文学の神髄は彼女の生きざまに付随する文体そのものにあるのであって、書かれている内容が事実そのままであるかどうかは、文学的にはそれほど重要ではないという意図が伝わってくる。

実際その通りで、これまで書かれたせいの研究書を見ても、彼女の作品に意識的なフィクションが含まれていることに着目したものは見当たらない。

わずかに菊地キヨ子が、論文「吉野せいの文学──『涙をたらした神』を中心に──」（『文学・語学』第一四七号）で、せいの「創作意識」に言及しているだけである。菊地は表題作「涙をたらした神」に書かれた内容に基づいて伝記事実や時代背景を調べ、末尾に記された年代との間にズレがあること等を指摘して、せいの作品が単なる生活記録的な文章ではなく、「真実」をより伝わりやすくするために意図的にフィクションを盛り込んだ創作であることを立証している。

しかし、せいが事実に改変を加えたのは、「真実」をよりくっきりと浮き上がらせるためだけだったのだろうか。

いささか機械的にはなるが、これから、せいが用いたフィクションの実例を検証して、そこから何が見えてくるかを探っていこう。

例一――「洟をたらした神」

〈作品の概要〉

普段はものをねだらない六歳のノボルが、流行している二銭のヨーヨーを買ってほしいとねだったのを、母親の「私」は貧しい家計ゆえに我慢させる。黙って聞いていたノボルが戸外へ出ていくと、「私」は黒島伝治の作品「二銭銅貨」の、子どもが死んでしまう不幸な結末を思い出して不安に駆られる。「唯貧乏と戦うだけの心の寒々しさがうす汚く、後悔が先だって何もかも哀れに思えて」きたのだ。しかし、その夜、ノボルは家族の前で自分で作りあげたヨーヨーをみごとに上下させてみせる。その姿はまるで湊をたらした神だった。

〈フィクションの例〉

①せいの息子がヨーヨーを手作りしたことは、四男・誠之が次のように語っていることから事実だと思われる。

「そこの松の樹の枝に、一種の病気なんですがコブができているところがあります。そのコブを切り落として、溝をつけてヒモを巻いてヨーヨーを作ったと聞いています。私はやったことないですね。お金が無いために兄貴が作ったんです。私には出来ないなと思いましたね。兄貴は手先が器用だった」

（「菊竹山にて　母との思い出」『いわき市立草野心平記念文学館』第四号）

だが、その出来事が起こった年代については異論がある。作品末に作者は、「昭和五年夏のこと」と記しているが、「吉野せい年譜抄」(『没後40年記念　吉野せい展図録』)によれば、ヨーヨーがフランスから輸入され大ブームをまきおこしたのは、昭和七年から八年にかけて。また菊地キヨ子の調査によれば、その値段は、作品内では二銭であるが、実際は五～十銭であった。

②六歳の主人公・ノボルは長男・望がモデルだが、ヨーヨーのブーム時、望は八～九歳。それを六歳にするためには、年代の設定を昭和五年にする必要があった。

③引用されている黒島伝治の作品「二銭銅貨」は、貧しい一家の六歳の少年が母親に独楽を買ってほしいとねだるが、母親は貧しさから兄譲りの古い独楽で我慢させ、代わりに他よりも安い二銭の短いコマ紐を与えた結果、その紐を伸ばそうとして少年は牛に踏みつぶされてしまう話である。この少年の年齢とコマ紐の値段は、「洟をたらした神」のノボルの年齢とヨーヨーの値段に合致している。

これらのことから、せいは構想を練った時点で、黒島作品に重ね合わせるために、意識的に主人公の年齢を六歳にし、ヨーヨーの価格を二銭と設定したのではないかと推測される。

せいはただ事実そのままを書いたのではなく、母親の不安をより鮮明に浮かび上がらせるために、言い換えれば物語の効果をより高めるために、フィクションを混じえて構築しているのである。

作品の最後に、ノボルが見事にヨーヨーを回す姿を配することで、その不安が解消され、感動が生まれる構図になっているのが見てとれる。心配から喜びへ、感情の振幅の差が大きいほど感動は深まる。

また、黒島作品は子どもが死んでしまう暗い結末だが、せい作品の結末は見事にヨーヨーを回してみせる明るい結末であることも銘記しておきたい。

例二――「麦と松のツリーと」

混沌の死後、せいは、菊竹山での生活をつづった作品を随筆『菊竹山記』として『いわき民報』（昭和四十五年十一月十六日〜昭和四十七年十一月六日まで四十回）に連載した。これらの多くは書き改められ、作品集『洟をたらした神』と『道』に収載された。

『洟をたらした神』には、そのうち五作が収められたが、その作品名（上記）と『菊竹山記』該当作（下記）は次の通りである。

「水石山」↑「水石山」
「麦と松のツリーと」↑「暴風時代の話の一」
「信といえるなら」↑「信ということ」
「かなしいやつ」↑「四月の手記の一」
「凍ばれる」↑「凍ばれる」

これらのうち、書き換え後と前とでは、二作品の間で大きな違いのある「麦と松のツリーと」と「暴風時代の話の一」との相違点を見てみよう。

〈「麦と松のツリーと」の作品概要〉

敗戦色濃厚な昭和十九年（一九四四）、「私たち」百姓は厳しい食物供出に苦労しながら、空襲のたび防空壕に避難する生活をしていた。その年の暮れ、三百人の俘虜(ふりょ)を坑内使役につかせている収容所の通訳Nが、若い俘虜をつれて、収容所内で祝うクリスマス用の樅(もみ)の木を探しに訪れた。混沌の提案で近辺にはない樅の代わりに松の木を調達したN

は、帰りに「私たち」の家に寄り、茶を飲んで話をしていった。そのとき「私」は敵兵である俘虜にもその茶を一杯ふるまった。

翌年の八月、日本が戦争に負け、立場が逆転したアメリカ兵が愉快げに山遊びをするのを、「私」は畑仕事をしながら、「打ちのめされた屈辱の空しさ」でやり過ごしていた。まともに兵たちの晒し者になるのが辛くてうつむいていると、通訳Nのほがらかな挨拶とともに、列の後方から若い兵が目の前にひらりと白いものを投げてよこした。真っ白な人絹布に包まれた煙草だった。先に茶をふるまったあの俘虜らしい。「私」が「ありがとう」と明るい声をあげると、兵たちは手を振りながら去っていった。

〈「暴風時代の話の一」の作品概要〉

題材は「麦と松のツリーと」と同じだが、後で述べるような相違点がある。

〈フィクションの例〉

①書き換え後の「麦と松のツリーと」では、俘虜に茶をふるまうが、書き換え前の「暴風時代の話の一」では、ふるまわない。

該当箇所を実際に見てみよう。


「麦と松のツリーと」

私は熱い渋茶を一ぱいふるまいたくなった。Nさんを見るとご随意にというように知らん顔だ。私は茶碗に一ぱい注いだ湯気の立つそれを手真似で俘虜にすすめた。一瞬目を見張った彼は、Nさんをみてから松の木を地面にそっとねかせると、軍手をぬいで茶碗を握った。あたたかみを逃さずに掌に感じるように握りしめたまま、こんなまずい茶を音もたてずに飲みほした。

腕時計を見て、Nさんは腰をあげて俘虜をうながした。若者は不動の姿勢をとると私たちを見て、深々と頭を下げた。つりこまれて私たちもぺこりと頭を下げた。（略）

「ねえ、あれは志願でなんど出て来たんでねえね、無理に徴発されたんだよ、きっと」

私は勢いこんだ。


「暴風時代の話の一」

私は熱い茶を一ぱいふるまいたくなった。Nさんを見ると、ご随意にというように知らん顔で盛んに混沌と話こんでいる。だが私はとりやめた。これは敵兵！　注いだ茶碗を手に持ってそのあたたかみの掌に伝わるのを意識しながら、ぐっと自分でのんでしまった。そして心からそう感じていった。

「大学生なの！可哀そうにねえ」

時計を見ると、Nさんは腰をあげて俘虜をうながした。俘虜は不動の姿勢をとると、まっすぐ私たちを見て深々と頭を下げた。つい私はつりこまれて頭を下げた。（略）

「あの俘虜は、きっと志願でなんど出て来たんでねえとおらは思うな」私はいった。

②書き換え後の「麦と松のツリーと」では、ラスト、若い兵士が、せいに白い布に包んだ煙草を投げてよこす場面があるが、俘虜に茶をふるまわなかった「暴風時代の話の一」には、当然のことながらそのシーンはなく、二十数年後のいまあの俘虜たちはどうしているだろうという感慨で結ばれている。

③『いわき民報』に連載した『菊竹山記』は、山での混沌との実際の生活をつづったもので、わざわざフィクションを加えたとは考えにくいから、茶をふるまわなかった「暴風時代の話の一」の内容の方がより事実に近いと思われる。

しかし、『涙をたらした神』を劇化した脚本家・大竹正人との対談で、せいはこの作品にふれ、「私が捕虜に飲ましてやった――あんな渋茶一杯、馬のションベンみたいなお茶なんだけれども、自分達がお茶を飲んでいて、ひとが震えているのを、黙ってみていられないものです。ですから一杯いかがといった。人間として当然のことですよね。何にも不思議でも何でもない」（「劇団手織座第三十六回公演プログラム『天日燦として』」）と語っている。

ふつうに考えれば、本人が「飲ましてやった」と証言しているのだから、茶を飲ませた「麦と松のツリーと」の内容の方が事実ということになるが、次のような点で疑問がわく。

ふるまって恩返しを受けたのが事実なら、実際にあったことを書く随筆の『菊竹山記』で、そんなドラマティックな話をわざわざ面白くない方に変更するだろうか。

記憶のなかの事実はつねに解釈され、編集されて伝えられるものである。話の流れで意識的に削除したりニュアンスを変えたりすることもある。暮鳥と初めて会った際の談話で、本人の弁が二通りあったことはすでに見た。

また、作品「凍ばれる」のなかに、寒い朝、せい一家の住む小屋に、匂いがうつりそうなほど汚い「乞食婆さん」が入ってきたときのエピソードがある。せいは、「払いのけたい思いでいっぱいながらも、ほんとうにはらわたまで凍ばれきっているこの女に、私はふちの欠けた皿に、大粒の甘い青大豆をたきこんだ熱い麦飯を盛って、土間にしゃがんだままかじかんだ手を炉火にかざしている老女の手につかませた」と書いている。

さらに、兵隊になった長男の面会に会津の練兵場を訪ねる話「鉛の旅」には、軍律で面会を許されなかった長男が歩哨のすきを見て、土手越しに母と顔を合わせる場面がある。「大丈夫か、ツトム！」と母が声をかけて用意してきた差し入れを投げ上げると、彼はそれを受け止めて、「心配ねえ。母ちゃん、気いつけて帰りなよ」と、ポケットから煙草を三つ、投げてよこすのだ。兵隊たちに支給される「ほまれ」の真っ白な小箱だった。

私見ではあるが、これらのエピソードが、俘虜に茶をふるまい、お礼に煙草を受け取る話に転化したのではないだろうか。当時のアメリカ煙草のパッケージは色とりどりである。兵がくれた煙草の箱が何色だったかは書かれていないが、長男の放った白一色の「ほまれ」の印象が、「真っ白な人絹布に包まれた煙草」になったように思えるのだ。

俘虜に茶をふるまったのか、ふるまわなかったのか、煙草を受け取ったのか、受け取らなかったのか、どちらが事実なのかは神のみぞ知るだが、話がドラマティックになるのは俄然ふるまって恩返しを受けた方だろう。

俘虜をつれた通訳がせいの家を訪れ、茶を飲みながら話をしていったことは事実だとして、それだけでは話は平坦で、山場がない。また、憎き敵兵と思っていたアメリカ兵が、実際に見てみれば「なんという品よく静かな風貌なのか」と感嘆するような好青年だったという印象は、語り手だけの感想かも知れないと受け取られる恐れがあり、人物造形としては客観性に欠けて弱い。煙草を放ってよこしたという具体的なエピソードを入れてこそ、お茶一杯の恩義を忘れないその兵の人となりがリアリティをもって浮かび上がってくるのである。そして、そういう青年だったからこそ、哀れに思い、茶をふるまってやりたいと思ったという、語り手の心情が説得力をもって生きてくる。

これらのことから、「麦と松のツリーと」においては、よりドラマティックにするために、少なくとも兵が煙草を放ってよこしたというフィクションを加えて作品を組み立てたのだといえないだろうか。

そして、ここでもまた、書き換え前の随筆「暴風時代の話の一」では、敵兵にはお茶一杯すら飲ませないというシビアな現実を描いたせいが、書き換え後の小説「麦と松のツリーと」では、敵兵に茶をふるまって恩返しを受けるという心温まる話に仕上げていることに留意したい。

例三――「ダムのかげ」

〈作品の概要〉

口べらしのため十五歳で故郷・山形を出て炭鉱夫になった尾作新八は、長年の労働で肺をおかされながらも四人の子どもを養うため深い坑内の底で働いていた。疲れきったような影の薄いこの中年の男は、仲間を訪ねるために、よく開墾地の坂道をのぼってきては畑にいる「私たち」に頭を下げて微笑してゆく。家に立ち寄って、話をしていったこともある。

ある日、炭鉱で出水事故が起こった際、彼は最後まで非常ベルを鳴らし続け、ひとり坑内に取り残されてしまう。懸命の救助作業が試みられたが、事態は絶望的と判断され、能率を重視する会社は、早期操業再開のため、直ちに坑内にコンクリートを流し込み閉塞ダムを築いた。

会社はダムに沈められた新八に多額の弔慰金を支払ったが、それを羨んだり妬ましがる者もいた。

時がたち、畑にすわって休んでいるときなど、「私」はふっと「死に生きで這いずり上がって」ダムのかげに両手をしがみつかせた彼の幻の姿を思い描き、「口惜しかったろうな尾作新八、悲しかったろうな尾作新八！」と、坑道の底で押しつぶされているだろう彼の骨に思いを馳せるのだった。

〈フィクションの例〉

①作品末には「昭和六年夏のこと」と記されているが、当時の新聞等を調べても、せいの住む近隣で、その年には炭鉱事故は起きていない。

②昭和四年（一九二九）八月二十七日には、近くの古河好間炭鉱で出水事故が起き殉職者が一名出ているが、その氏名と出身地は新聞と作品では違っており、彼が最後まで職責をつらぬき非常ベルを鳴らしつづけたかどうかは確認できない。また、その殉職者がせいの旧知の人物だったという事実も確認できない。

③せいは、昭和六年（一九三一）の懸賞小説応募時に、近隣の炭鉱労働者から炭鉱の話をよく聞いた旨を日記に記しており、綿密な取材に基づいてその労働の実態や抗内のようすを描いていると思われるが、厳密には昭和六年当時の状況、及びそこから振り返っ

た状況であり、事故のあった昭和四年当時のものとはいえない。

これらのことから、せいは事実そのままではなく、取材したデータを組み合わせて、主人公の人物像を造形し、出水事故のシーンを描いたと考えられる。

①の作品末の年代の違いは、せいの単なる記憶違いであるかも知れず、②の非常ベルを鳴らし続けた件や旧知の人間だった件が事実であったという可能性も否定はできないが、事故の犠牲者の死を、顔のない炭鉱夫の十把一絡げの死ではなく、かけがえのない一個人の死として浮き上がらせるために、尾作新八という架空の名前を与え、出身地から家族構成、日頃の佇まいまで具体的に造形したと考える方が妥当だろう。

『洟をたらした神』が刊行される直前、せいは草野心平に同書の帯に載せる文章を依頼しているが、その手紙のなかで、「生きられるだけ生き　書けるだけ書きたい意欲は消えません。（略）哀しみの多い人間の姿を　短い文で　抜き出してみたい、そんな意欲がどす黒く老いぼれた頭に湧くからお笑いくださいませ」（昭和四十九年十月二十一日付封書）と記している。

昭和四年の炭鉱事故の新聞報道（『磐城時報』昭和四年八月二十八日夕刊）によれば、出水は炭鉱の最も奥の箇所で起こり、直ちにダムで密閉したため、他の採掘箇所には何の影響もなく、損害は僅少に止まったという。同紙は、「古河炭礦では二十八日一日だけ休業し、二十九日から平常通り採掘に従事する事になった」と報じている。

殉職者に対しては、同年九月一日に社葬が営まれ、特別弔慰金も送られることになったが、生活のため暗い坑内で働き続けなければならなかった一坑夫の哀しみと企業の論理による人命軽視への怒りを、どうしたらくっきりと抜き出せるのか、せいはその方策としてフィクションを加えたといえるだろう。

ここでも、また、現実には無念の死としか言いようのない主人公の死を、単なる悲劇的な死ではなく、人間としての真価を示した英雄的な死に高めることで、読者にせめてものカタルシスをもたらす救いのある作品に仕上げていることに目を止めたい。

以上、三つの例を見てきたが、せいの作品が単なる「生活の記録」や「事実の報告」でないことは明らかだろう。

これらの例は、実体験を基にした作品の根幹とは離れた枝葉の部分ではあるが、フィクションを加えた創作こそが、本当らしさ、真実を語っているという印象を生み出すことができ、その出来事に内在する諸要素を普遍化できるのだということをしっかりと意識しているようにみえる。その結果、せいが作品で伝えたい「真実」はよりクリアになる。

これはフィクションはフィクションだが、一般に「作りごと」と呼ばれるものとは次元が違うだろう。作品の根幹で、せいは決して嘘をついていないのである。

作品集『道』所収の小説「白頭物語」は、『いわき民報』に連載した『菊竹山記』の中のひとつ「月の夜の回想」に手を入れたものだが、書き直しのさい削られた部分に、せいの生の声と思われる一節がある。一部は前にも触れたが、ここで再び引用してみよう。

余りにもあわただしい光陰の飛び矢の矢面にたっている自分、一寸たりともたじろげない、一瞬たりとも遅延を許さぬさいごの自己のどたん場における、時の矢尻の尖光に立ちすくんでいる己の姿に、冷静に狂いなく己の視線をあてる勇気を持とうと、このごろ油汗流している私を私は考えていたのだ。

これは取りも直さず、人生の終盤を迎え、自己検証と自己否定を繰り返しているという謂だろう。晩年にいたって、自分を「冷静に狂いなく」見つめようとしている人間に、既成の物語形式にすり寄るような「作りごと」は遠いものだと思う。

せいの作品はすべて彼女の体験の上に立つものだが、書かれている出来事の後に加えられた新しい経験や心象が、彼女のなかに新しい目をひらき、事実をそのまま描くことより、その事実を使って、どうしたら自分の世界観や人生観を伝えられるか、その構図を考えるようになったといった方がいいだろうか。

「作品とは小説家がある美的な計画に基づく長い仕事の成果である」と言ったのはフランスの作家、ミラン・クンデラだが、せいにとっての「美的な計画」は、厳しい現実の向こうにかすかな光の感じられる一種のハッピーエンドであるともいえるだろう。

しかし、せいのハッピーエンドは甘いだけのものではない。

その目は冷徹で、作品「いもどろぼう」において、開墾畑に入ったいもどろぼうを捕まえた後の農民の心理を、「災害は他人の畑ですんだ。今度の騒ぎでまず当分自分の畑は無疵(むきず)ですまされるという確証を握った。百姓特有のさもしいひもじさを持つ安心を各自ひそかに胸中にしまいこんで、機嫌よくやあやあといって別れていった」と浮き彫りにしてみせたり、「ダムのかげ」においては、犠牲になった坑夫の死に対して、「尾作新八がさいごまで非常ベルをおしつづけたその職責の勇気を会社は買って、×千円の弔慰金を出した。かつてないやまの犠牲者に対しての最高価格である。ある者はへそ勘定して羨ましがった。だがいい時に死んだもんだとねたましがる不埒者もいた」と書くなど、人間の内面にひそむ煩悩や醜さもしっかりと見すえている。

物語は型通りカタルシスに回収されると、作品世界が小さく甘くなる傾向があるものだが、せいの小説がそうならないのは、そんなものを撥ね退ける厳しい現実に裏打ちされているからだろう。

昭和四年から五年頃（せい三十歳〜三十一歳）に書かれたノートには、創作にあたっての心構えのような強い言葉が書きつけられている。

醜い世相を描け、
理想を忘れるな、
百態の人間畜生を描け、
愛でもない、慾でもない、実に殺風景な憎悪の世界を描け。
汚ない世界を描け、苦難の世界を描け。

自分にこのような世界を描くことを課すということは、それだけ生活が苛酷だったということだろう。

この言葉が書かれた少し後の日記には、義兄方から婚礼の招待状が来たことが記されている。せいも親戚として出席しなければならないが、土産を買う金も、包む祝金もない。知人の家を二軒まわった末になんとか五十銭を借り、土産物を整えてひとまず実家へ行った。皆で喜んでくれ、祝儀も妹の内情を察した兄が包んでくれたが、せいは、この記述の後、「二ヶ月ぶりで湯にも入つた。自分はこのみすぼらしい様子で誰に会ふのも厭であつた。腹の中では昂然としてゐるが、目引き袖引きして人々が話してゐるのを見るといやであつた」（昭和六年三月八日）と書いている。

かつては黒門と呼ばれた網元の娘で、県内では最年少、紅一点で准教員資格試験に合格し評判になった才媛である。町の人はみな彼女を知っていたろう。心に理想は抱いていても、「貧乏で子供たちにタマ一ツなめさせられないのが辛い」（昭和六年三月二日）日常は、せいにとって、「殺風景な憎悪の世界」に映っていたのかも知れない。

そんな彼女が、晩年になって、あえて明るい結末を選択しているのはなぜなのか。

それを考える前に、少し回り道にはなるが、せいの小説を別の視点から見てみよう。

寓意——もうひとつの視点

彼女には作品集『道』所収の「白い貝殻」という随筆があるが、これはかつての旧盆の風習を思い出して、今の子どもの脆弱さを嘆いた作品である。昔の子どもたちは墓地にたてる紙灯籠の火皿に使うため、旧盆前に砂浜を一キロも歩いて、打ち上げられた貝殻の中から、白い大きな二枚貝を拾った。せいも子どもの頃、格好の貝殻を探して渚を歩いたものだが、当時見た子どもたちの、自然と一体になった大らかな姿を思い出してふっと思う。

現在目の前に見る、煮出してもスープもとれないような脆弱な細い骨にかぶさる筋もないぶくぶく肉の足を、夏でも靴下とズックで包んだ、賢し気な眼だけを光らした頭でっかちの子供らを眺めて、我知らず溜息が出てしまう。どこかいびつだ。何かが歪んでいる。（略）田舎の子が空を見ない。うっとりと眺めるゆとりを知らない。無限の空想を孕む峯々を振り向かない。凧も作れない。水鉄砲も組み立てぬ。簡素なものから噴き出す、あたら創造、工夫、進展の喜びを知らずに、哀れにも手にするものは豊富な物資と商魂の渦から湧いたあぶくのように脆い、見た目だけは美しくつくられたものばかり。あの美妙な風の音も野の花も心にとめず、唯あくどい色彩が動くテレビの前に釘づけされて恍惚としている空ろな頭脳。切り刻んだ痴呆のかけらだけを持たされる子供達の横顔から、果して力強い将来を確約出来るかどうか私は戸惑う。野生は抜き去られた。

　駆け廻る柔軟な足で大地を跳びはねさせずに、右も左もピカピカの子供自転車をあてがって、勿体ない土から足裏を引き離しているのに迷いを知らぬ親達。（略）その上にこれは又どうして長い一生なのにああもあわてるのかと思う位に、やっさやっさとつめ込む知識の太いパイプで、でっかちの頭は更に異常にふくれて重さに喘ぎ、ふらつく足で目まいに耐えているのが目の前に見る一団の子供の姿だ。（略）一本の鉛筆を握って機械にもたれかからずに小刀を使える我が手を持つことが、物資に溺死しかけている危ない自分を浮び上らせる確実な手がかりになる事を子供は知るだろうか。

この「白い貝殻」に登場する現在の子どもたちに対して、「洟をたらした神」に登場するノボルや近隣の子どもたちの姿はこうだ。

いつも根気よく何かをつくり出すことに熱中する性だ。小刀、鉈、鋸、錐。小さい手が驚くほど巧みにそれを使いわける。青洟が一本、たえずするするとたれ下がる。ぼろ着物の右袖はびゅっと一こすりするたびに、ばりばりぴかぴかと汚いにかわを塗りつけたようだ。大方ははだしで野山を駆けめぐる。もっともそれはノボルだけではない。開墾地の子供たちは、冬以外は殆どはだしで育って、子猿のようにはしっこい。野茨で引っ掻いたり、竹そぎを踏んだりして少しばかり血を流した位では、彼等は痛がったり泣いたりするのを仲間の前で恥じるらしい。出血が止まらないと唾をつけてぼろ切れでぎっちりしばる。

菊竹山の全容を雄大にふくらませている赤松の密林の中に一箇所、そこだけ湿地のためか、三四本のこじれ松が生えただけの手頃の広さのスロープが南向きに展けている。恰好な遊び場所には、土と垢とはな汁とで塗り上げられたわっぱ達が潑剌と動いている。辷りおちる快適な土地車のゆさぶり心地、つんのめる竹馬の駈け足。小さい股木にゆわいつけたゴム紐の強弱ではじき出されるつぶての距離の遠近の争い、先端を鋭利にそいだ堅木の棒を、土中に打ち込んでたおし合う力試しのねんがら打ち、ぺッタ（メンコ）の打ち返し、ビー玉のかっきり、これらのいくつかは興味深いとばくでもあった。角力、けんか、木のぼり、石けり、小学生を頭にしての小童たちの遊びは、放胆で、原始的で、山深い谷間の急流が落下するように騒々しくて、清々しい。

両作品を読むと、せいが、こうあるべきと思っている子どもの姿が見えてくる。それを直截に表現し、現在の子ども／親を批判したのが「白い貝殻」ともいえるだろう。ただ、作者の主張を素直に伝える随筆ならそれでもいいが、ややもすればよくある「昔は良かった」式の説教めいた話として、読者の耳を素通りしてしまう恐れがある。御説ごもっともとは思っても、押しつけられれば反発したくなるのが人情である。自発的に感じたことでなければ、人は心からは納得しない。

それをわきまえているからこそ、「洟をたらした神」で、せいは、昔の子どもの姿をただ生き生きと描くことによって、現在の子どもや親への批判を、そうとは一言も言わずに読者に仄めかしているのである。

「湧をたらした神」は、ある貧しい農家の母と子を描いた物語であると同時に、子ども本来の姿はどうあるべきかを提示した物語で、便利になった世の中でひよわになっている子どもの姿に対する警鐘であるとも読めるだろう。

昭和四年から五年にかけて書かれたと思われるノートには、こんな断片がある。

この短い舌を持つて、このあらけづりの感情のままに、吾等は吾等の心を語ろう。言葉なき農婦の言葉を語ろう。粉飾なき本心のことばは、よし足らぬにしても、巨弾の如き響を持つ確信を抱く吾等。知識ある婦人はそのほこり臭き書庫と空想の内から出でて吾等を見よ、余裕ある人妻は衣服と劇と社交と美食への五官を止めて吾等を顧みよ。婦人社会運動家はその調査のペンを捨ててコーヒーの椀を伏せよ。夢見る女流詩人は清朗なる田園への賛美を止めて、御身等を一時と素足でたたせないであらう、むづむづする糞土の香をかげ。

この後半の主張をそのままぶつけられたら、おそらく多くの女性は鼻白むのではないだろうか。せいはそれをぐっと飲み込んで、一農婦のありのままの姿をただ描くことで、「知識ある婦人」、「余裕ある人妻」、「婦人社会運動家」、「夢見る女流詩人」のなかにひそむ鼻持ちならない欺瞞への批判を、無言のうちに成し遂げているのである。

せいの作品をはじめて読んだとき、わたしはいきなり脳天を殴りつけられたような気持ちになって、涙がとめどなく溢れたと書いたが、それがどうしてなのか、今ならわかる気がする。

貧乏学生とはいえ、仕送りを受けて大学に通い、飢えなどとは無縁な環境を当然のこととしてきた自分のなかに、いつのまにか降り積もった怠惰や驕り。それを一片の甘えもない絶望をくぐりぬけた人の言葉が、木っ端微塵に吹き飛ばし、おまえの生き方はそれでいいのかと厳しく問いつめてきたからだ。

その視点で見直すと、せいの作品はすべて、せい自身や混沌、周囲にいる人たちの生きざまを描き出すことで、生ぬるい生き方をしている人間に、「おまえたちはそれでいいのか」と、するどく切り込んでくるものだといえるだろう。

いずれも貧しい人間を描いた「飛ばされた紙幣」しかり、「いもどろぼう」しかり、「公定価格」しかり、「鉛の旅」しかり……。これらの作品には、世間的な成功など望むべくもない、差別され嘲笑され生活に追われた人間が、真の人間性を示す一瞬がそれぞれ描かれているのだ。そして、それらは、読者に、自分はどういう生き方をしたらいいのか、とつきつめて考えさせずにはおかない。

読者自らが、自らのなかに、自分につきつける問いを発見するからこそ、胸の深いところに響くのである。そして、それこそが「小説」の持つ力なのだ。せいが事実を記録として書いただけの作家でないことは、このことからも明らかだろう。

ハッピーエンドの意味するもの

ここで、「晩年のせいがあえて明るい結末を選択しているのはなぜなのか」という問いに戻ろう。

そこには、単に「真実をよりくっきりと浮き上がらせるための作者の創作意識のひとつ」とは片付けられないものを含んでいるように思える。

たとえば、「麦と松のツリーと」の俘虜と渋茶の関係だが、実際のせいが、飲ませてやりたいという気持ちを持ちながら、時局を考え飲ませていなかったのだとしたら、俘虜が去った後、ああ飲ませてやればよかった、と悔やんだのではないか。

これは小さなことのようだが、心の傷として無意識の中にとどまるのではないだろうか。こうしたしこりは、言語や行為、情動として外部に出してやらなければ消えないというから、その心残りのようなものを解消するためにフィクションが必要だったとはいえないだろうか。

　現実では達成できなかった内容を、作品のなかで代行することで、作者は初めてその挫折を超越することができるのである。梨花を亡くしたとき、せいが童話「石」を書いて、かろうじて自分を保ったように。

　誰しもにあるように、せいの生涯にも後悔のようなものがあった。たとえば「結婚しないで上京していたら、また別の人生だったんでしょう」と思う気持ち。あの時医者を呼んでいたら、子どもを死なせずにすんだのではないかという悔い。それらは消化しきれず、胸底にくすぶり続けた。

　では、せいの最大の心残りとは何だったのだろう。

　それは自分の文学に新しい境地を開くために入植したはずの地で、大地に根付いた仕事を全うしたとはいえ、肝心の作品を生み出せなかったということに尽きるのではないか。

　そして、それは、彼女の人生を決定づけ、結局は人生そのものとなった夫・混沌との関係と切っても切れないものだったのではないだろうか。

斎藤庸一の「三野混沌覚書」(『詩に架ける橋』)に、次に示すような一節がある。
それを見る前にちょっと説明を加えれば、書かれていることがらは、昭和三十四年(一九五九)一月二日、斎藤が混沌に聞き書きするため吉野家を訪ねたおりの出来事で、このとき混沌は六十五歳である。何年か前、行き倒れていた酔漢に声をかけてひどく殴られて以来目を悪くし、この頃は夜になるとよく見えない状態になっていた。

「僕の小屋を見てくれるか。ひどいところだがね、一度見ておいてくれないか」と云って三野さんは立って障子を明けた。(略)土間に立って息をころして目をみはって見ていると、三野さんはローソクの火を低く下げた。と見る間に三野さんの襟巻きに火が走って、二人で同時にアッと声をあげて倒れるように三野さんの体を抱き火をもみ消した。動悸が静まるにつれて、私はむしゃくしゃしてきた。怒りがぐつぐつと頭へのぼるのがわかった。駄目だ、三野さん、誰もいなかったら、焼け死にます。これはとても駄目だ。無茶すぎる。こんなところで三野さん一人で。目も見えないのに。ひどい、ひどい、大事にしなくちゃ駄目だ。三野さん。叱りつけるように、三野さんをかかえて、その体をゆすっているうちに、私は眼頭がじんと熱くなった。しばらく沈

黙がつづいた。（略）
「母屋でいっしょなら安全だし温かだが、ラジオがうるさいし、話されるのがいやだ。しんかんと静かなところにいたいから、夜はこの部屋、子供の作った部屋なんだが、ここで寝るんだ」

もともとせいの一家は家族が互いに干渉しあわない家風だったというが、このように混沌自らの希望で別棟で寝起きしていても、端から見れば、目の悪い年寄りを一人放っておくひどい家族と見えたのかも知れない。斎藤が、「私はむしゃくしゃしてきた。怒りがぐつぐつと頭へのぼるのがわかった」と書いているのは、たぶんにそういう意味が含まれているだろう。

戦後、農地委員会の小作委員になった混沌は、小作地の鑑定と未墾地開放のために県下を歩きまわって、家の仕事はすべてせいと子どもたち任せになった。当時を振り返って、せいは、「私らの野良仕事がいっぺんにふえ、ほんとに大変でした。作業の遅れをとりもどすため、夜、畑に持ち出したランプを移動させながら、光の届く範囲を順ぐりに耕したりしたものです。夜更けに、一人で陸稲を刈っていて、どろぼうと間違えられた

 こともあります」(「開拓地から生まれた文学」『朝日新聞』昭和五十年一月十三日)と語っている。家を顧みない夫に、せいの不満は徐々にたまっていったのだろう。

混沌の死後、彼が好きだった水石山をせいが家族と一緒に訪れる話「水石山」に、せいは次のように書いている。

誰かがそこで救われる謙虚な仕事に彼が酔うてることを、私は決して否みはしなかった。が、これだけはどうにもならぬおいかぶさる自分の肩の労苦に耐えて耐えぬくうちに、いつしか家族のためには役立たぬ彼。もう今は、これからさきもこの家を支えるものは自分の力だけを頼るしかないという自負心、その驕慢(きょうまん)の思い上がりが、蛇の口からちらちら吐き出す毒気を含んだ赤い舌のように、私の心を冷たく頑なにしこらせてしまった。

晩年、混沌とつきあいのあった作家・真尾悦子は、あるとき、混沌が真顔で「うちの鬼ばばアがな……」というのを聞いた。「鬼ばばァは、おれが腹が病めると言ってもポロポロの丼飯を小屋へたァだ放り込んでいくんだよ。どうした? とも言わねえ」(「鬼」『思想の科学』第九十四号）とこぼしたという。

聞き書きに訪れた斎藤庸一にも、混沌は、「相手が悪いよ。船主の娘で学校の先生などしていたんだ」と言っているから、周囲の他の人たちにも、妻を「鬼」「悪魔」と呼んで、この種の愚痴をこぼしていたのかも知れない。

『涙をたらした神』を舞台化し、「天日燦として」という題名で上演した手織座の座長・宝生あやこが、「〈座談会〉吉野せいさんを偲ぶ」（『あるとき』第七号）で次のような発言をしている。

宝生　それで自分は非常に強いこわい女だと思うだろうというのを、とても気にしていらしたですね。そんなふうに絶対思いませんよって言ったんですけどね。今までみんな自分達に会った人は、混沌さんはいい人で、自分はすごくきつい女だって、そういうふうに思われてきた。だからそういうふうに皆さん思うでしょうねえなんて、だから私それがとっても女らしくって、なんか好きでしたね、そういうふうにおっしゃる、せいさんという人がね。

せいの胸中には反論したい思いがいっぱいつまっていたのだろう。折々にはもっと広やかな心を持てないのかと自分の頑なさを責める気持ちもあったのかも知れない。混沌との関係を振り返って、「水石山」には次のような箇所もある。

いくら働いても追いつけない生活の貧窮が、お互いの性格をひびいらせていた頃で、ひいて憎悪の烈しい無言のたたかいは、ある時は瀑下する滝のように猛りほとばしり、ある時は大川の水底深くしずもりかえって、しずかに身のほどをふり返りながら悲しく悔い合う。

ここには、争った後、我に返っては後悔するようすがほの見える。また、せいが残した走り書きの紙片には、次のような文章が書きつけられていた。

子供たちよ、子供たちよ、自分はたまらなく　おんみたちがなつかしい。さうしておんみたちとなら　随分きれいな話もできる。随分おもしろいあそびも出来る。ほんとに停りなく……。けれども　友人に対したら　もう私は駄目だ。

生来無口なせいは、自分の胸のうちを人に訴えるということができない無器用な人間だったようだ。彼女が十八歳のとき『福島民友新聞』に投稿した文章を見ると、その本質は、長い年月が流れてもそれほど変わっていなかったのではないかと思えてくる。

私を指して心強き人！　さういはれた紅薔薇様よ。
真実の強さには白金の光りある事を知つて貰ひたい。人並よりも弱い私はその反動として虚勢を張つてるらしいのだ。その醜くさを知悉（ちしつ）してゐながらも、強いといふ事に深い憧憬と執着を持つてゐるのだ。（略）
紅薔薇様、強いといふ私の幻像を捨て、悲しい一少女を思つてみて呉れ。そこには如何に哀れなる形骸が造り出されるだらう。
それこそ真実の私そのものの姿なのだ。紅薔薇様！

（若松小星「野末にて」『福島民友新聞』大正五年十二月二十三日）

このように強がった果ての揺り戻しは、もろもろの後悔となって、いつしか胸の底でしこりになっていったのではないか。

せいの素直になれない性格は、梨花の亡くなった年に書かれた日記にもあらわれている。前夜、混沌が外泊した二月十七日、せいはこんな夢を見る。

七八人の女達がゐる。べちやべちやとしやべりあつてゐる。窓わくのやうなところによりかかつて。混沌もゐる。何かをひろげて読んでゐる。すると女達の中の一人、二十位の無雑作な服装をした太つた女が原稿を出して混沌に見せる。二人で楽し気にそれを読んでゐる。そして何かけがをしたらしい左腕をつき出すと、混沌がていねいにその手をなでて白布を巻いてやる。自分は此方で背負籠を負つてそれを見てゐた。焦々して来た。「早く畑さいかねえのけ」と呶鳴（どな）つた。混沌は原稿紙を厚くくるくる巻いたものを出して、「これを持つて一足先に行つてろ、直きゆく」といつた。こんなものばからしいと自分は叩きつけてしまつた。

そして、翌日の日記に、せいは、「昨夜の夢を今朝思出して独りで可笑しくなつた。夢の中でヤキモチやいてるか。馬鹿の骨頂。もし現実なら自分はもつと冷然とかまへられさうに思ふが、夢は抑制がなくて正直だ」と記している。

混沌について、草野心平は、『暮鳥と混沌』の跋に、「混沌は善意にあふれヤマアラシのように直情径行の人だった。風采は文学的なところはすこしもなく土百姓そのものだった。いくぶんドモリで眼はかがやいていた。笑うと歯グキがまる見えになる。ムキでユーモラスで熱烈で、その上正義感が混沌を串刺しにしていたので、本人はそのためいつもジタバタしていた」と書いている。風采はあがらなくても、一本筋の通った人物だったようである。せいにとっては、ヤキモチをやくに値する男性だったということだろう。そして、その気持ちは終生続いたらしいのだ。

『暮鳥と混沌』で、せいは混沌の結婚前の恋愛についてかなり筆を割いているが、その相手に関して、「その席上で私は終生意識のうちで因縁を持つ大野に会った」（傍点引用者）と記している。

「その席」とは、せいの作品「彼等」が『第三帝国』に掲載されたことを祝って暮鳥が開いてくれた会だった。「大野」は、暮鳥を囲む文学仲間の一人、旧家の末娘に生まれた中野仲子がモデルであるが、彼女の印象を、せいは、「これが女教師かと疑われるほど、真白い厚化粧の口紅の濃い、大きめの額に房々したひさし髪が眉近くまでかぶさって、遠目にひどくぱっとした物珍しい描き眉、稍太りじしの中背、眼も口も大きく、衣類の着こなしもはでやか、よく笑いよくしゃべり、千枝と交互に何か辛辣な皮肉をとばしては一座を湧き立たせる。才女だなと私は感じた」と書いている。

生涯化粧をしなかったせいとは対照的な人物だが、「大野」と混沌は一時恋愛関係にあり、混沌は牧場に憧れていた彼女を開墾地での暮らしに誘ったこともあった。だが、厳しい現実を目の当たりにした彼女は東京へ去り、混沌は山を捨てて後を追うが、彼女に新しい恋人ができ、結局はうまくいかなかった。

このとき混沌は二十四歳。自死をも考えたらしい。せいが結婚にためらいを見せたとき、「あなただけは恐れずにとび込んで来て、どんなことにも共に耐えられる人だと信じた」、「私は毎日、仕事を考え、あなたを考え、時には自分の死すら考えている」と迫ったときの混沌には、この女性との破局が念頭にあったのかも知れない。

『三野混沌展 図録』の年譜には、「4歳年上の才女、中野仲子を知り、追って上京。早稲田高等学院に籍を置く。本郷第一高キリスト教青年館の3階にあった簡易法律相談所の受付係のアルバイト等をしながら苦学」とある。その後、郷里の生家が焼失し、仕送りを受けられなくなった混沌は、父に説得されて中退し、再び開墾生活に入っている。せいと出会うのはその二年後である。

混沌の恋愛について、せいは次のように記している。


その頃誰かの口からそのことを洩れきいた時、私は以前一度見たことのある混沌と思い較べて、意外なとり合せに驚いただけだった。

混沌は大野について生涯一言も私に話したことはなかった。私もまた何もきき出しはしなかった。彼がつとめて私の目を避ける為にそうしたのか、又はその折々に処置してしまったのか、大野についてのものは何一つ残っていない。はがきの一片も、ノートの中にそれらしい文も。それればかりではない。彼が上京して早稲田に入ったことも、その東京での生活の様子も、病気のことも、平窪の生家が焼けて帰った時のことも、一時たりとも手帳を離さなかった彼に何かの手記のない筈はない。二年近くのその間の消息は消されたようにぽっかり穴があいている。でもそれはそれでよい。混沌は自分ひとりで、墓の彼方へそっと持ち去りたかったそれらを、私は今意地悪くほじくり出す勇気も非礼さも持合わさぬ。

（『暮鳥と混沌』）

しかし、混沌が、「大野について生涯一言も私に話したことはなかった」というのは事実ではないようだ。

昭和六年（一九三一）四月二十一日、せい三十二歳のときの日記に、「混沌から夕ミ子のはなしをきいた。それについて今自分は冷静な同情を持ちこそすれ、嫉妬とか激情とかは起らぬ。唯何となく寂しく感ずるばかりだ。この感情を自分は何故かおそれる」とある。「夕ミ子」という名は、せいが仮名を使ったか、日記が手書きであることから過(あやま)って判読された結果であろう。混沌に他に浮いた話がない以上、夕ミ子は中野仲子のことだと思われる。以来、せいは、彼女に「終生意識のうちで因縁を持つ」ことになるのである。

十七歳のせいは、小説「彼等」に、「女は端正なるものでなければならない。犯されまじき威厳を存してなければならない。絶対尊厳なる貞操を持して、つまり昔時の烈婦の俤が彼の若い心の憧憬となつてゐて、又それが彼の抱いてゐる女性の主張であつた」と書いている。頑固なせいは、その主張を生涯つらぬいたのではないかと思える。

混沌とは、いったいどんな人物だったのだろう。

彼が並外れて人のいい人間であったことを示すエピソードは枚挙にいとまがないが、こと書くこととなると、そのわがままぶりも並外れていたとわたしなどには思える。

家族と起居を別にした小屋で、混沌が何をしていたのか、斎藤庸一に語った本人の弁に耳を傾けてみよう。


夜はほとんど眠ったことがない。眠ったと思ったことがない。細かな活字を追っているうちに、いつのまにか眠っていて、いつ目が覚めたかわからない。腹這いになってうとうとして気がつくとまた続きを読んでいる。字を書いていることもあるが、字はほとんど見えない。内部から噴き出てとめようにもとまらない勢いに追われて、せきとめようとしながら原稿をかいている。横に誰にも読めない字を走らせる。と、またいつのまにかうとうとしているが、また光のような勢いよく噴出するものに気づくと、目が覚めるよりさきに手が鉛筆うごかしている。だから、朝になってみると、夜中に書いた何枚かの原稿の上に、明け方白い紙だと思ってまた書いてしまって、我ながら全く読めなくなってしまう。読めないともう現われないね。思い出せない。読めないからよけいにとてもいいイメージだったようにも思うしね。

（『詩に架ける橋』）

しかも混沌は夜だけでなく、昼間も常に書いていたと思われる。畑仕事をしていても、想が湧くとその場で何時間もノートに向かっていたというエピソードはすでに紹介したが、農地委員の仕事で外を歩いているときでも同様だった。

農地改革で土地の交換や譲渡や耕作の相談で、十人くらいで畠道や山道を歩いていると、どうも考えながら歩くくせがついていていてどんどん遅れてしまう。それに考えが発展して面白くなると、それを忘れると困るから、立ちどまって手帖に書きつける。遅れるとわるいから追いかけながら手帖に書いている。農地委員の仕事と書く仕事は、おなじことなんだが、相手はそうはとらないからな。怠けてドウラクのウタつくっていると思われるからな、なるべくわからないように考えていて、書きつけるのだが、誰かがふりかえって、三野さんまた始まったな、とわかってしまって、笑われたものだ。

（『詩に架ける橋』）

昭和四十年頃の三野混沌

そんな混沌に苛立ち、せいは「頭の悪い人間がノートに書くんだ」という言葉を投げつけることもあった。

社会学者の天野正子は、「混沌との内的葛藤は、一つには混沌が男であり、せいが女であるというジェンダー（社会的文化的につくられた性差）の問題が深くかかわっている。厳しい開墾生活のなかでも、夫には創作の時間があった。せいは生活のために筆を折らねばならなかった。書く時間をもてぬ現実は、せいを苛立たせ、それはやがて生活力のない夫への反発心となり、冷たく頑なな感情へと発展していく。（略）混沌が『正義』の人であっただけに、せいの苛立ちは出口を失い深く潜行したのである」（「文体と老い――吉野せいの世界」『老いの近代』）と分析している。

戦後強くなったのは女性と靴下だなどと言われるが、戦後から間のない福島県では、まだまだ女性は男性を支えるべき存在で、夫に楯突く（たてつく）妻は非難される対象だったろう。若い頃、貞操をつらぬく「昔時の烈婦の俤」に憧憬をおぼえていたようなせいにとって、夫唱婦随的な価値観はなかば内面化されており、頭では男女平等とわかっていても、自分で自分を責める傾向があったことは否めない。それだけにこの問題は根深かったといえる。

そして、そのジレンマのなかには、同じく表現を志す者として、混沌へのある種の畏敬の念も混じっていた気配がある。土まみれの百姓姿でどんなときでも手帖に何かを書きつけ、仲間を集めては唾をとばして文学論に興じ、食べるものもないのに詩を発表しつづけ、一文の得にもならないのに他人のために駆けずり回っているのである。そんな生活ができたのは、せいが労働を肩代わりしていたおかげだが、そしてそれは腹の立つことだったが、混沌の表現に対する呆れるほどのひたむきさは、翻ってせいの心の奥を刺激していたにちがいない。それは見えない清水となってせいのなかに流れ込み、彼女の表現の泉を晩年まで枯れさせない働きをしていたのではないか。


年譜によれば、混沌は視力が減退したために、七十二歳のとき、足を踏み外して堀に落ち、頭を負傷している。七十三歳では、畑の枯草に煙草の火を落とし、左足膝下から火傷して半年ほど通院している。それでも詩作は続いていて、発表数は減っているものの、この年まで『歴程』に寄稿している。

それ以降は老いの坂を下り、七十四歳で脳軟化症になり、寝たり起きたりの生活になった。七十五歳の秋になると、もう起きられず、言葉も片言になり、贈られてきた詩集を撫で、ノートに判読できない文字を書くだけになった。

翌年の昭和四十五年（一九七〇）一月、風邪を引き、四月十日、肺炎のため帰らぬ人となった。享年七十六だった。

葬儀の日、せいが斎藤庸一に語ったところによると、最後の頃は眼も見えず、動けず、話すこともできなかったという。筆談の文字も乱れて読めない。耳だけは聞こえるので家族の意思は通じるのだが、自分は伝えることができないので、じれったさに腹を立てていた。


ときどき夜ふけに、寝ているあの人がむっくり起きて暴れたりしました。なんとかなだめて休ませると、次の日はけろりと忘れている風でした。ところが、死ぬ三日ほど前の夜の暴れ方はすごいもんでした。ねかせようとしてもすごい力でとばされてしまうし、わめいたり家具に体あたりして、障子の桟をポキポキと折ってしまうのです。なんどもつきとばされながら、なだめようとする私の腕や手の甲に爪を立てて、ひっかくのです。家族の者を起こすのも、あの人をますます怒らせるので、起こしませんでした。ほとんどの障子をすっかりめちゃめちゃにして、やっと納まって眠りにつきました。一時は殺されるのか、狂ったのかと思うほどでした。次の朝、まったくひどい暴れかたで困ったと話しますと、なんども首を横にふるのです。ひとつの発作のようで、知らないらしいのです。若いときから、表現だけを生きがいにしてきたひとですから、全く表現の方法を奪われた晩年は、その鬱積したものが怒りのように爆発したのだと思います。

（『詩に架ける橋』）

『歴程——三野混沌追悼号』（第一四三号）に、せいは、「四月に入ってから、私が何か思い余って、枕元でつぶやいたら、はっきりと『なげくんでねえ』といってくれた。最後の頃、時々、『おっかあ』と微かに呼んだ。口を動かすのだが、私には言葉としてききとれない。わかんねえよ、困ったなあというと黙ってしまう。も少し私に誠意があったらききとれたであろうに。でも、しづかな実にしづかな終りであったことが、うれしい」（「さいご」）と書いている。

混沌の葬儀の日、せいはどんな思いでいたのだろう。

草野心平がこんな話をしている。

せいさんは「梨花鎮魂」なんか見ると、よく泣いているようなことが出ているけども、僕はいちども見なかったな、彼女の涙は。たった一度だけね、混沌の葬式のときに行ったら、もう出棺になるようなときで、お寺へ行ってから棺の蓋を開けてくれた。そんときにね、「とうちゃん、心平さんだぞ!」と言ってワァーワァー泣くんだな。いわゆるほんとうに慟哭というやつね。それ一回きりだったな、僕は、せいさんの涙を見たのは。そんときはだれがいようがちっともかまわずにね、手放しで。

(「〈座談会〉吉野せいさんを偲ぶ」『あるとき』第七号)

この瞬間、せいの内部から思い出と悔恨がないまぜになって吹き上げ、混沌は、生活力のない夫という衣を脱いで、その本質そのもの、詩人・混沌として立ちあらわれたのではないかという気がする。

前にも引用したが、彼女の自責の念がにじむ文章をあらためて見てみよう。

憎しみだけが偽りない人間の本性だと阿修羅のように横車もろとも、からだを叩きつけて生きて来た昨日までの私の一挙手一投足が巻き起こした北風は、無蓋な太陽のあたたかさをさえ、周囲から無惨に奪い去っていたであろうことを思い起こし、今更に深く恥じる。

（「老いて」）

微笑に和む今のこの眼の裏側に、焔を吐いたむかしの形相が浮び上ってくる。苦境に堪えると見せかけて、実は悲鳴をあげ続けた、奢りたかぶった過去の自分の弱い姿を、今わたしは無慈悲にひきずり出し、その汚いむくろを空天にさらして、からすどものえじきにでもして跡形もなくこの世から消してしまいたい思いがした。

（「青い微風の中に」）

混沌が家業を放棄したときから、せいと混沌の間には確執が生じ、それが完全になくなることはなかった。混沌はせいを「鬼婆」と怖れ、その所行を周囲に訴えたりもした。が、彼女の作品内では、二人の争いの具体的な内容や彼の卑小な面はきれいに拭われている。

せいの著作にあらわれる混沌は、常に妻に理解を示す寛容な夫である。ひばりが麦畑に卵を産めばそこだけ麦を刈り残す心やさしい農夫であり、いもどろぼうを捕らえてその事情がわかれば、捕まえなければよかったとつぶやく情にもろい人間である。

わずかに「水石山」に、混沌に山行きの誘いを断わられたせいが、それを「私を寄せつけたくない彼の冷たい仕打ち」と受け取って、日中家を空けた場面が出てくるが、続いて描かれるのは、戻ってきたせいを見て「無事でよかった」とねぎらう夫の姿である。

「けえっていたのか、よかった」（略）

「俺ぁ今日、おめえを探して歩いてたんだ」（略）

「ここから離れていくおめえの足音をきいて、じっとしていたら、ひょっとすると二度とあの足音がきけねえんでねえかと思った。そんな気がした。やりかねねえ気性だし――」

「まさか」（略）

「おめえはきっとひとりで砂丘にすわって海を眺めていると俺は思った。何としてもそんなふうにな。何十年ここで働れえて土塗れになりきっても、おめえの性根にはまだ海が残っている」

「ああ、『老人と海』が読みてえよ。今でもね、白髪を振り乱して、はだしで渚をびたびた波にずぶ濡れてひた走る自分の凄いおわりの幻想を考げえることもあるしね」

「おっかねえことをいうなよ。月夜の浜で、浪と合奏したって昔のはなしは素晴らしかったでねえか」（略）

「くすぐってえはなしだわ。すっかり忘せっちまった」

「きれいな思い出は無理にも残しておくもんだ」

私はたち上がった。淡い月明りの中には醜い心の毒はかくれてしまった。

「心配かけて――どうも」

「いや」

彼もてれ臭そうに笑って、

「ばか、行ってねむれよ」

といった。


（「水石山」）

作品を書くにあたって、「己の姿に、冷静に狂いなく己の視線をあてる勇気を持とう」と語ったせいが、混沌との争いについて具体的には書かなかったというのは、視線をあてて自己検証と自己否定を繰り返した末に、あえて書かなかった、あるいは削ったということだろう。

第三章で、わたしは、自伝的な作品を書く作家が「何を書いたか」はもちろん重要なことだが、「何を書かなかったか」に目を向けることも有益なことだと記したが、それはそういう意味である。

多くの人がそうであるように、彼女にも、「今更に深く恥じる」ことや、「跡形もなくこの世から消してしまいたい」ことがあったろう。

人は自分の人生を、物語や歴史の形式で意味づけている。きびしい開墾生活を選んだ自分の生をきちんと肯定するためには、せいは苦しかった物語を美しい物語に昇華する必要があったのではないか。

昭和四十八年（一九七三）秋、七十四歳のせいがその時点の心境を語った作品「老いて」に次のような箇所がある。

私は再び繰り返されぬ自分の生涯の歳月を今日まで運命などとぼやかずに、辛抱強く過ごして来た。だがたじろがぬつもりだった己惚れた自分の足跡を遠くしずかに振り返ってみて、今更にその乱れの哀れさ、消えがてな辿々しい侘しさ、踏みこらえたくるぶしの跡の深いくぼみの苦しさを、まじまじと見はるかす。暗然とした想いが、片隅の小さい歴史の仄白い一枚に、ところどころどすぐろい痕跡を鮮やかに落として、ゆらゆら浮かぶだけの今日の日。（略）

澄んだ秋空の蒼さに眼をしわめながら、私はゆったりした透きとおった気持ちにおかしな明るさを感じる。まといついていた使い古しの油かすのような労苦、貧苦、焦燥、憎怨、その汚れた生活の一枚ずつを積み重ねて、紅蓮にやきただらした火の苦悩は、打ち萎えた私の体力に比例して尻込みしながらじりじりと遠ざかってゆくようだ。

晩年よく色紙に書いたという、「怒を放ち怨を握ろう」の心境そのものといっていいだろう。

終生ひきずったという混沌の恋愛にも、「一刻、ぱっと輝いた灼熱の愛情の閃きがあったこと、そして瞬時なりともその喜悦に苦しみ酔いしれた時のあったことを、『せめても、よかった』と私は老いた今、心からしずかにつぶやいて、見送ることが出来る」(「老いて」)という心境になったのである。

「労苦、貧苦、焦燥、憎怨」といった苦しかった思い出は、消したというより自ら遠ざかっていき、「きれいな思い出」だけが残ったのかも知れない。

この作品執筆時、せいはまだ賞を受けてはおらず、世間に知られる作家ではなかった。しかし『菊竹山記』を新聞に連載し、『暮鳥と混沌』を上梓し、「洟をたらした神」をはじめとする小品を雑誌『アルプ』に掲載して、自分のありようを表現し、周囲の人たちと共有することができた。

せいはこの時点でやっと、胸につかえていた永年の宿題を半ば果たした気持ちになれたのではないか。

いつ書いたのか特定はできないが、次女・梨花を亡くしてしばらく経った頃だろう。こんな断片が残っている。

これは　皆
自分の心からの苦しい叫びである。
日記である。懺悔である。物語である。
告白である。小説である。
人が見て　つまらぬという者あるか。
あゝ　自分はその人の前にひざまづく。
人が見て　哀れなりという者あるか。
あゝ　自分はその人の前に手を伸べる。
人が見て　偉いとほむる者あるか。
あゝ　自分はその時はじめて吾を恥づる。
どうでもいい。

せいはいつでも、「人が見る」ことを前提にしてものを書いていたのである。

思えば、名声や金銭を求めなかった混沌も共感は望んだ。

聞き書きに訪れた斎藤庸一に、「恐怖」についてどう考えるかと訊かれたとき、混沌は、空襲の恐ろしさにふれた後に、「しかし、本当の僕の恐怖というのは、それではないね」と答えている。「僕の書いたものは、現代と離れすぎているのではないか。社会から離れたものを夢中で書いて、これが一体、何になるのかな、と思うことが一番こわいな」というのだ。

混沌が、自分の作品が他者に理解されることを強く望んでいたことがわかるだろう。この承認欲求は、人間の根源的なもので、野心や名誉心とは似て非なるものだと思う。感情は、表現を与えられ他者と共有されることで、はじめて普遍的な意義を持つ。あるものを見て、自分がどう感じたか。それを突きつめて表現したものが混沌の詩なら、それを理解されてこそ、混沌の営為は自他ともに意味を持つのではないだろうか。

昭和五十年（一九七五）三月、賞を受ける直前、NHKラジオで放送された「涙をたらした神」の朗読を聞き、せいは担当ディレクターに次のような手紙を書いている。

白坂様のあの気迫のこもる朗読に　私は涙ぐみました。各地の方々からあの放送の感激のお便りももらいました。七十二歳の老農夫が、畑仕事に携帯のラジオを持ち十一時三十分になると、土に腰を下して、じっとあの流れてくる朗読をきいているとい

った、ほんとうに涙のこぼれるお便りなども頂き　書いてよかった　今思っておりま
す。

（白井久夫「菊竹山の神」『あるとき』第七号）

自分の言葉が人の心に届いたことを実感した瞬間だろう。たくさんの人の心の込もった便りを手にして、せいは静かな喜びに包まれたことと思う。

この後、『洟をたらした神』は、二つの賞を受けて、さらに多くの人の共感を得ていくことになる。

それは大きな喜びであると同時に、生活を一変させられる事件でもあった。新聞や雑誌に自分の記事が載り、要請を受けてテレビにも出演した。幸いせいはそんなことに浮かれることなく、自分の生活スタイルを守りはしたが、やがて病を得ることになる。

高齢であるということもあったが、人が集中できる限界というものがあるとしたら、混沌の死後のせいの執筆への集中は、その限界を超えていたのではないか。それが癌という病気に結びついたとは軽々には言えないが、命を賭して書き上げた作品、それが『洟をたらした神』だったことは確かだろう。

種まく人

ここで、せいの作品が賞を受けるまでの経緯を、あらためて見てみよう。

混沌の死後、彼の死を文学者の死として報じてくれた『いわき民報』に、開拓地での生活を『菊竹山記』として連載したのが第一章である。

次に、彼女の筆力を見込んだ草野心平から、暮鳥と混沌の交流をまとめるよう依頼されて書きあげ、単行本『暮鳥と混沌』として歴程社から刊行されたのが第二章である。

第三章は、それを読んだ串田孫一が、せいに他に作品がないか打診したことからはじまる。それに応えて次々に送った彼女の作品に串田が感銘を受け、自分の関係する雑誌『アルプ』に、「洟をたらした神」、「いもどろぼう」、「飛ばされた紙幣」、「梨花」を隔月で掲載した。

第四章は、雑誌掲載だけでは飽き足らず、せいの作品を知人に見せてまわった串田が、彌生書房社長の津曲篤子にも見せ、出版が決まったことである。せいの作品に感動した津曲は、いい本を出したいという思いで、串田に送られた作品のなかから十七編を選び、『洟をたらした神』として刊行した。

それが田村俊子賞と大宅壮一ノンフィクション賞を受賞したのである。

このような展開がもたらされたのは、もちろんせいの作品が力を持っていたからこそだが、『いわき民報』の記者も、草野心平も、串田孫一も、すべてせいの夫である三野混沌が文学を通じて信頼関係を築いた人物であったことも忘れてはならない。混沌が亡くなった時、周りの友人たちは、報いを求めず一方的に尽くすかたちで碑を建立してくれた。六十歳のときには、しばらく詩集を出していなかった混沌のために、本人にはまったく知らせずに詩集『阿武隈の雲』を刊行してくれた。そんな彼らがいなかったら、せいの作品は世に出なかったのではないか。そう考えると、せいの文学を結実させたのは、混沌の見えない手が導いた、友への信を守り抜くために走ったメロスの群れであったかのように思えてくる。

「夢」という作品は、眠れば必ず夢を見たというせいの、いろいろな夢を記述したものだが、なかにこんな夢が出てくる。

広い浜辺である。「何か妙なぬくみを持つぬめる褐色の砂浜」があるので、目を凝らしてみると、陸稲のうす緑の芽が広がっている。それは「さえぎるものもない畝間を揃えてひらけた一面の陸稲畑」だった。それを見て、夢のなかのせいは思う。

あの種まく人（混沌）は私の知らないでいる間に、いつこんな広い陸稲畑を拓いて播きつけていてくれたのだろう。（略）光りもないのにその陸稲の畑は広漠たる平原の豊かな様相を備えて、希望で一ぱい明るく見えた。それは奇異なことであって、ちっともおかしいことには思えない夢の中での真実の形であった。私は嬉しくてその人が播いて行ってくれたこの淡い芽を、緑から金色に変える努力は自分がやらねばならぬ大仕事だと砂漠のようなその砂浜を見渡した。前は時折り白く歯がみする真黒い海だ。波音は聞こえただろうか。どこかに種まく人がさまようている気がする。確かにする。いやもうあの人は通り過ぎてしまったのだとそのはっきりした意識だけは夢の中に凝固として溶け込んでいなかった。

象徴的な夢だといえないだろうか。

同行二人という言葉があるが、作品を書くせいの背後には、巡礼者が弘法大師と一緒に歩んだように、つねに混沌が寄り添っていたのではないか。

せいが若いときに書いた作品「彼等」は、登場人物を語り手とした三人称小説で、同じ頃新聞に投稿した作品にも、「彼」を使った三人称の作品が多く見られる。

だが、晩年になって書いた作品の語り手は、みな「私」という一人称である。日本語の性質上、主語が省かれている場合も多いのだが、「私」に混じって、時おり「私ら」、「私たち」と複数の一人称が登場する。

わかりやすいのは、作品集の最初の作品「春」の一節である。せいが意識して複数の一人称を使っているのが見てとれる。

バンと名づけた赤い犬、にわとりが八羽、あひるが三羽、これらの仲間の胃袋をふさぐ責任が、ひとからいわせたら馬鹿馬鹿しいと鼻であしらわれそうなことなのに、してやりたい責任を無理なく私らは感じているのです。

ご免なさい。ここで私はらと複数でよびました。伴侶(とも)のことです。

その後の作品では、いちいち複数形にしたときに断ってはいないが、ごく自然に混沌と自分を一対にして語っている例には事欠かない。

私は畑にすわって乳房を出しながら大声で呼びたてる。リカが暑さにげんなりして膝の上で乳房にすがると、彼は脱兎のようにわがやの方へ逃げてゆく。

私たちは未だかつて子供のために、玩具といえるようなものを買って与えたことがない。とまれ余裕がないのだ。（傍点引用者）

（「洟をたらした神」）

通い合う心というものは、流れる光りのように不思議なひとすじのぬくみを持つものだ。野良犬よりもみじめな底辺に突き落とされている彼等夫婦が、知らずにその胸にたくわえている無我の心が、私たちの隔てのない信頼に素朴に呼応してくれている。（傍点引用者）

（「飛ばされた紙幣」）

作品の語り手の人称が「私」でありながら、同時に「私たち」であるのは、せいの心の中に混沌がつねにそばにいて、一体だと感じているからではないか。

「〈座談会〉吉野せいさんを偲ぶ」（『あるとき』第七号）で宝生あやこが、「まだ、せいさんが病院に入らない前に、もしか次の世に生まれ変わるとしたら、また混沌さんと夫婦になられますかと言ったら、混沌以外には考えられないって」と発言している。

作品「夢」には、混沌とせいがいつか死後について笑いながら話したエピソードが出てくる。彼女が「たぶんおいらよりあんたは先に死ぬべがね。極楽の蓮の葉の半座を分けて待ってなどいねえでおくれよ。死んでからまで喧嘩はしたくねえもんな」と言うと、彼は「俺も厭だ。むっつりしてにらみ合ってすわってるなんて助からねえ。俺はな、ひとりでひろい葉っぱの上さゆっくり寝転んで、空を見たり鳥の声を聞いたりしてうつらうつらしていてえ」と答えるのだ。

そして、この先がふるっている。せいが、「とすると、おいらの葉っぱは居心地のいい別のを探さねばなんねえな」と続けると、混沌は笑いながらこう答える。

「おめえのものなんどあっけえ。道が違あよ」

「じゃ俺(おいら)は地獄行きけ？」

「えんまの前でぼんぼんがなれよ。だがさ、案外にえんまに惚れられるかも知れねえぞ」

私は眼をむいて、

「えんまに惚れられたら光栄だね」

「おめえはよく働くかんなあ」

私は思わずしんとしてしまった。

このくだりを読むと、混沌に、次の世もせいと夫婦になるかと尋ねたら、せいとは別の答えが返ってきそうな気もする。

しかし、混沌の死期が迫った頃、彼が時々「おっかあ」と呼び、口を動かしていたとせいは記している。その内容をせいは聞きとれなかったと書いているが、わたしには彼が最後に感謝の言葉を述べようとしていたのではないかと思えてならないのだ。

混沌が種をまいた芽の緑を、努力して金色に変えたせいは、その褒美のように授けられた大宅壮一ノンフィクション賞の「受賞の言葉」で、次のように述べている。

暗い底辺の長い生涯の終りに、こんな光明が灯されていたのかと思うと心が熱くなります。今は赤ん坊のように嬉々と素直に両手をあげて、くだらぬためらいはさらりと捨て、もぐら同然の不様に大きな掌におしいただきましょう。

授賞式には苦楽を共にした子どもたちに囲まれて出席したという。

四男の誠之は、後に、「おふくろは（略）親父が自分をそういうふうに思っていたのかという、親父の寛大さを、死んでから解ったということが多分にありますね。（略）それで良かったと、私は思っています。それがなかったら、おふくろは阿修羅の様な百姓バッパで終わってしまうわけですから。それがあって私も救われるような気になります」（「菊竹山にて　母との思い出」『いわき市立草野心平記念文学館』第四号）と語っている。

生前、混沌が繰り返した「生活費を得るための芸術の切り売りはするな」という言葉を守って、せいは両賞の賞金も、著書の印税もすべていわき市に寄付しているが、大宅壮一賞の副賞である世界一周周遊券だけは受け取って、約二週間、医師や家族、知人同行のもと、スイス、イタリア、フランス等をもんぺと地下足袋姿で旅行している。食べ物が合わず、そのことは辛かったようだが、旅先でオーロラを見たのが嬉しかったという。

地球とはまるでちがう。地平線みたいな端っこに赤い線が流れる。七色の虹のように、赤・黄・緑の光が交替で。きれいだったなあ。錯覚で雲が土にみえる。青いけど空じゃない、そこに星がチカチカ輝いて、光が走り雲が流れる。三時間ほど目を皿のようにしてみてました。疲れて、うとうとすると、もうぽかっと太陽がでているんです。

（「みずみずしくしたたかな百姓女のたましい」『劇団手織座第三十六回公演プログラム』）

まるでせいの生涯の最後を、宇宙全体が寿（ことほ）いでくれたようではないか。
翌年の一月、白内障手術のため入院してから、体調が悪く、退院してからも寝込む日が多くなった。
十一月には子宮癌からくる尿毒症のため入院、一進一退の病状を繰りかえした後、入院一年目の昭和五十二年（一九七七）十一月四日、静かに息を引きとった。七十八歳だった。

その間見舞った人たちには、「書きたいことがあるのだから、必ず良くなってそれを書くつもりだ」と話していたという。せいの文学アルバムを作った写真家の草野日出雄にも、「これから書きたいのは、百姓のほんとうの心です」といい、「書きたくとも、頭はさえざえしているのに、すぐに体が疲れてしまう……」（草野日出雄『吉野せい 文学アルバム』）と残念がったという。そうした心残りはあったろうが、ある満足をせいは感じていたのではないか。

「老いて」で、彼女は、避けられない老醜と命の終わりに怯えている人に対して、こう言っている。

「何をあんた、ぐっすりと眠れるんじゃないか。あしたがどうというの。自分の長い疲れがすっぽりなくなるんだもの、せいせいするわねえ」

すべては風の一吹きさ！　どこからかひょいと生まれて、あばれて、吼えて、叩いて、踏んで、繰り返して、踊って、わめいて、泣いて、愚痴をこぼして、苦しい呻きをのこして、どこかへひょいと飛び去ってしまう素っとびあらし!!

人生はこんなものだということだろうか。

せいいっぱい生ききった人にしか言えない言葉だと思う。

せいの死の知らせを受け、翌日駆けつけた串田孫一は、彼女の最後の姿をこう綴っている。


白い床に眠っていた。優しい表情であった。病いとの闘いにがんばり切れなかった口惜しさもなく、口を真一文字に結んでおとなしく、子供の寝顔のようだった。私は死者の顔は見ないことにしているが、この顔には底知れない魅力があった。

そしてもう波を打つこともないその胸のうえには草刈り鎌が置いてあった。それは魔物を退けるためより、死んでなおしんじつに在るための用意であったのかも知れない。間違いなく土に戻るための「百姓女」としてのたしなみのようにも思えた。

（「胸に置かれた鎌」『朝日新聞』昭和五十二年十一月十日）


それは書くことによって内面に渦巻く葛藤と折り合いをつけた安らかさだったろう

か。

混沌と自分の物語を書きあげ、菊竹山にふるった鎌を胸に、天国か、地獄か、せいは一吹きの風のように、ひょいと旅立ったのである。

〈了〉

■参考文献■

〈単行本〉（吉野せい作品）

『暮鳥と混沌』　歴程社　昭和四十六年十月

『洟をたらした神』　彌生書房　昭和四十九年十一月

『洟をたらした神』（普及版）　彌生書房　昭和五十年四月

『暮鳥と混沌』　彌生書房　昭和五十年八月

『道』　彌生書房　昭和五十二年四月

『洟をたらした神』（文庫版）　文藝春秋　昭和五十九年四月

「春」「梨花」「赭い畑」『土とふるさとの文学全集3　現実の凝視』　家の光協会　昭和五十一年十一月

「未墾地に挑んだ女房たち」『民衆史としての東北』　日本放送出版協会　昭和五十一年十二月

「春」『福島の文学Ⅱ』　福島民報社　昭和六十年十一月

「洟をたらした神」『心洗われる話（ちくま文学の森2）』　筑摩書房　昭和六十三年五月

「梨花」『幼かりし日々（ちくま文学の森3）』　筑摩書房　昭和六十三年十月

「春」『動物たちの物語（ちくま文学の森12）』　筑摩書房　平成元年一月

『吉野せい作品集』　彌生書房　平成六年八月

『洟をたらした神』（文庫版）　中央公論新社　平成二十四年十一月

〈雑誌〉（吉野せい作品所収）

若松せい「窓」「海邊傷心」『群衆へ』新年号　群衆へ社　大正五年一月

若松せい「水平線上」『LE・PRISME』創刊号　S・P・B詩社　大正五年四月

若松せい「鷗」『LE・PRISME』第二号　S・P・B詩社　大正五年五月

若松せい子「彼等（上）」『第三帝国』五月号　第三帝国社　大正六年五月

若松せい子「彼等（中）」『第三帝国』六月号　第三帝国社　大正六年六月
若松せい「彼等（下）」『第三帝国』七月号　第三帝国社　大正六年七月
若松せい「彼等（完結）」『第三帝国』八月号　第三帝国社　大正六年八月
若松せい「最後に於ける高屋兄」『光』第六号　宣光社　大正十年一月
吉野せい子「石」『海岸線』第二号　海岸線社　昭和六年二月
「さいご」「故三野混沌略歴」『歴程』第一四三号　歴程社　昭和四十五年八月
「洟をたらした神」『アルプ』第一八八号　創文社　昭和四十八年十月
「いもどろぼう」『アルプ』第一九〇号　創文社　昭和四十八年十二月
「飛ばされた紙幣」『アルプ』第一八八号　創文社　昭和四十九年二月
「梨花」『アルプ』第一九四号　創文社　昭和四十九年四月
「道」『アルプ』第二〇六号　創文社　昭和五十年四月
「受賞の言葉」「洟をたらした神」「梨花」「鉛の旅」『文藝春秋』五月特別号　文藝春秋　昭和五十年五月
袂紗の女」『6号線』創刊号　尼子会　昭和五十年五月
「白頭物語」『アルプ』第二一一号　創文社　昭和五十年九月
「石垣」『6号線』第二号　尼子会　昭和五十年十一月
「青い微風の中に」『婦人公論』八月特大号　中央公論社　昭和五十年八月
「日記（1）梨花鎮魂（一九三一年一月三十日〜二月八日）」『あるとき』創刊号　彌生書房　昭和五十三年五月
「日記（2）梨花鎮魂（一九三一年二月九日〜二月二十一日）」『あるとき』第二号　彌生書房　昭和五十三年六月
「日記（3）梨花鎮魂（一九三一年二月二十二日〜三月五日）」『あるとき』第三号　彌生書房　昭和五十三年七月
「日記（4）梨花鎮魂（一九三一年三月六日〜四月二十八日）」『あるとき』第四号　彌生書房　昭和五十三年八月
「ノートより」『あるとき』第五号　彌生書房　昭和五十三年九月
「菊竹山記　草の味噌汁・暴風時代の話」『あるとき』第七号　彌生書房　昭和五十三年十一月

〈新聞〉（吉野せい作品所収）

小星女「たそがれ」	『福島民友新聞』	大正五年五月三十一日
若松精子「金星の夜」	『福島民友新聞』	大正五年六月二日
若松精子「金星の夜（二）」	『福島民友新聞』	大正五年六月七日
若松小星「海の曙」	『福島民友新聞』	大正五年六月十一日
若松小星「つぶやき」	『福島民友新聞』	大正五年六月二十日
若松小星「或日の正午」	『福島民友新聞』	大正五年八月八日
若松小星「月光を浴びて」	『福島民友新聞』	大正五年八月十一日
若松小星「Nといふ青年」	『福島民友新聞』	大正五年八月十五日
小星「夕暮に」	『福島民友新聞』	大正五年十月四日
小星「疲れた心　一」	『福島民友新聞』	大正五年十月六日
小星「疲れた心　二」	『福島民友新聞』	大正五年十月七日
若松小星「或る女」	『福島民友新聞』	大正五年十月十五日
若松小星「彼の女」	『福島民友新聞』	大正五年十月二十日
若松小星「別れる時」	『福島民友新聞』	大正五年十一月十二日
若松小星「野末にて」	『福島民友新聞』	大正五年十二月二十三日
若松小星「海辺より（一）」	『福島民友新聞』	大正五年十二月三十日
若松小星「海辺より（二）」	『福島民友新聞』	大正五年十二月三十一日
「菊竹山記1　水石山」	『いわき民報』	昭和四十五年十一月十六日
「菊竹山記2」	『いわき民報』	昭和四十五年十一月二十一日
「菊竹山記3　草の味噌汁」	『いわき民報』	昭和四十五年十二月二十六日
「菊竹山記4　暮鳥のこと」	『いわき民報』	昭和四十六年二月四日

「菊竹山記5　凍ばれる」『いわき民報』昭和四十六年三月十三日
「菊竹山記6　梨花」『いわき民報』昭和四十六年五月十日
「菊竹山記7　梨花」『いわき民報』昭和四十六年五月十一日
「菊竹山記8　梨花」『いわき民報』昭和四十六年五月十二日
「菊竹山記9　梨花」『いわき民報』昭和四十六年五月十三日
「菊竹山記10　梨花」『いわき民報』昭和四十六年五月十四日
「菊竹山記11　梨花」『いわき民報』昭和四十六年五月十五日
「菊竹山記12　暴風時代の話一」『いわき民報』昭和四十六年七月三十一日
「菊竹山記13　暴風時代の話一」『いわき民報』昭和四十六年八月二日
「菊竹山記14　暴風時代の話一」『いわき民報』昭和四十六年八月三日
「菊竹山記15　暴風時代の話二」『いわき民報』昭和四十六年九月七日
「菊竹山記16　暴風時代の話の二」『いわき民報』昭和四十六年九月八日
「菊竹山記17　暴風時代の話の二」『いわき民報』昭和四十六年九月九日
「菊竹山記18　暴風時代の話の二」『いわき民報』昭和四十六年九月十日
「菊竹山記19　一月四日の記（上）」『いわき民報』昭和四十七年一月十三日
「菊竹山記20　一月四日の記（下）」『いわき民報』昭和四十七年一月十四日
「菊竹山記21　ひかり号　その一」『いわき民報』昭和四十七年二月十五日
「菊竹山記22　ひかり号　その二」『いわき民報』昭和四十七年二月十六日
「菊竹山記23　きりん草（上）」『いわき民報』昭和四十七年二月十九日
「菊竹山記24　きりん草（中）」『いわき民報』昭和四十七年二月二十一日
「菊竹山記25　きりん草（下）」『いわき民報』昭和四十七年二月二十二日
「菊竹山記26　石垣　その1」『いわき民報』昭和四十七年二月二十八日

「菊竹山記26（重複） 石垣 その2」 『いわき民報』 昭和四十七年二月二十九日
「菊竹山記27 袱紗の女 その1」 『いわき民報』 昭和四十七年三月二日
「菊竹山記28 袱紗の女 その2」 『いわき民報』 昭和四十七年三月三日
「菊竹山記29 袱紗の女 その3」 『いわき民報』 昭和四十七年三月四日
「菊竹山記30 袱紗の女 その4」 『いわき民報』 昭和四十七年三月六日
「菊竹山記31 袱紗の女 その5」 『いわき民報』 昭和四十七年三月七日
「菊竹山記32 四月の手記の一 上」 『いわき民報』 昭和四十七年五月十八日
「菊竹山記33 四月の手記の一 下」 『いわき民報』 昭和四十七年五月十九日
「菊竹山記34 信ということ その一」 『いわき民報』 昭和四十七年七月四日
「菊竹山記35 信ということ その二」 『いわき民報』 昭和四十七年七月五日
「菊竹山記36 信ということ その三」 『いわき民報』 昭和四十七年七月六日
「菊竹山記37 信ということ その四」 『いわき民報』 昭和四十七年七月七日
「稔りをうたう 第一回高瀬勝男個展によせて」 『いわき民報』 昭和四十七年十月十九日
「菊竹山記38 月の夜の回想①」 『いわき民報』 昭和四十七年十一月二日
「菊竹山記39 月の夜の回想②」 『いわき民報』 昭和四十七年十一月四日
「菊竹山記40」 『いわき民報』 昭和四十七年十一月六日

〈**単行本**〉

斎藤庸一『詩に架ける橋』 五月書房 昭和四十七年九月
草野心平『所々方々』 彌生書房 昭和五十年十一月
野坂昭如『日本飢餓列島』（対談吉野せい「農地解放で失ったもの」） 文藝春秋 昭和五十一年八月
津曲篤子『夢よ消えないで――女性社長出版奮闘記』 彌生書房 昭和五十一年十月

家の光協会編『土とふるさとの文学全集』 家の光協会 昭和五十一年十一月
（月報③佐藤愛子「ソクラテスの妻」）
草柳大蔵『日曜日のおしゃべり』 ＯＸエンタープライズ 昭和五十二年四月
（対談吉野せい「生活を深耕する文学」）
新月通正『みちのく文学の旅』 朝日ソノラマ 昭和五十三年四月
新藤謙『土と修羅──三野混沌と吉野せい』 たいまつ社 昭和五十三年八月
新藤謙『愛と反逆　評伝・猪狩満直』 たいまつ社 昭和五十三年
草野心平『乾坤』 筑摩書房 昭和五十四年三月
草野日出雄編『吉野せい文学アルバム』 はましん 昭和五十六年十一月
新藤謙『女性史としての自伝』 ミネルヴァ書房 昭和六十三年六月
安野光雅『読書画録』 講談社 平成元年五月
佐高信『現代を読む100冊のノンフィクション』 岩波書店 平成四年九月
吉田千代子編『福島県女性のあゆみ叢書七 福島県女性のあゆみ研究会 平成六年六月
「この足どり　土に生きる　吉野せい」』
河北新報社編集局編『ふるさと文学散歩』 河北新報社 平成九年一月
『吉野せい賞受賞作品集』（脇坂吉子「あぶくま幻影」） いわき市教育委員会 平成九年十一月
福島県女性史編纂委員会編『福島県女性史』（大塚一二「年譜」） 福島県 平成十年三月
天野正子『老いの近代』（「文体と老い──吉野せいの世界」） 岩波書店 平成十一年二月
赤坂憲雄『東北知の鉱脈２』（「吉野せい　封印がほどかれたとき」） 荒蝦夷 平成十一年五月
佐藤久弥編『猪狩満直研究』 鏃出版 平成十二年四月
斎藤庸一『菊茸山の聖家族』 黒詩社 平成十五年三月
岩瀬彰『「月給百円」サラリーマン』 講談社現代新書 平成十八年九月

山下多恵子『裸足の女　吉野せい』　未知谷　平成二十年六月
山下多恵子『土に書いた言葉　吉野せいアンソロジー』　未知谷　平成二十一年三月
杉山武子『土着と反逆——吉野せいの文学について』　あさんてさーな　平成二十三年十一月

〈雑　誌〉

三野混沌追悼号『歴程』第一四三号　歴程社　昭和四十五年八月
「婆さんパワーのお通りだい」『週刊文春』　文藝春秋　昭和五十年三月二十六日
「田村俊子賞と大宅壮一ノンフィクション賞を受けた七十五歳の百姓ばあさんの〈人生はこれからです〉」『女性セブン』　小学館　昭和五十年三月二十六日
「戦後の女は弱くなりましたね」『フジサンケイリビング』　サンケイリビング新聞社　昭和五十年五月
小野姓広「大宅壮一ノンフィクション賞受賞パーティーにのぞんで」『6号線』創刊号　尼子会　昭和五十年五月
「大宅壮一賞選評」（扇谷正造「天賦の才能ということ」／臼井吉見「表現に関心を」／草柳大蔵「選評雑感」／開高健「恐るべき老女」）『文藝春秋』　昭和五十年五月特別号
「大宅壮一賞受賞　吉野せいさんの日常（巻頭グラビア）」『文藝春秋』　昭和五十年九月
新藤謙、吉野せい対談「文体・生活・人間」『6号線』第二号　尼子会　昭和五十年十一月
吉野せい追悼号『6号線』第六号　尼子会　昭和五十二年十二月
草野心平「吉野せい追悼」『婦人公論』二月特大号　中央公論社　昭和五十三年二月
真尾悦子「鬼」『思想の科学』第九十四号　思想の科学社　昭和五十三年八月
「特集　吉野せい」『あるとき』第七号　彌生書房　昭和五十三年十一月
杉山武子「土着と反逆——吉野せいの文学について」『農民文学』第一八九号　日本農民文学会　昭和五十九年四月

菊地キヨ子「吉野せいの文学――『洟をたらした神』を中心に――」『文学・語学』第一四七号　おうふう　平成七年八月
山下多恵子「吉野せい論」『北方文芸』第四十七号　玄文社　平成九年七月
山下多恵子「裸足の女――吉野せい論――」『北方文芸』第四十八号　玄文社　平成十年二月
山下多恵子「シナリオ『裸足の女』」『北方文芸』第四十九号　玄文社　平成十年十月
菊地キヨ子「吉野せい『道』における人生観」『いわき明星大学 人文学部研究紀要』第十五号　いわき明星大学　平成十四年三月

〈新　聞〉

「日本新聞連盟の懸賞小説募集」『東京朝日新聞』昭和六年二月二十五日
「懸賞小説予選入選作 三十一篇決定」『河北新報』昭和六年七月十一日
「開拓地から生まれた文学」『朝日新聞』昭和五十年一月十三日
「きのう吉野せいさんに大宅賞」『いわき民報』昭和五十年四月十日
「吉野さん、喜び満開」『福島民報』昭和五十年四月十七日
「田村俊子賞の10万円寄付」『福島民報』昭和五十年五月二十三日
「吉野せいさんと人生観語る」『いわき民報』昭和五十年十一月二十日
「勿来で『囲む会』吉野せいさんが語る」『福島民報』昭和五十年十一月三十日
「教え子が吉野さんに贈り物」『いわき民報』昭和五十年十二月二日
「手織座『天日燦として』初演」『いわき福島民報』昭和五十一年七月二十六日
「作家　吉野せいさん逝く」『いわき民報』昭和五十二年十一月五日
吉野せい訃報『福島民報』昭和五十二年十一月五日
吉野せい訃報『福島民友新聞』昭和五十二年十一月五日

「『あーぁ、こわい』農婦作家　吉野せいさん死去」　『朝日新聞』　昭和五十二年十一月六日
串田孫一「胸に置かれた鎌　死んでなおしんじつに在るために」　『朝日新聞』　昭和五十二年十一月十日
雫石太郎「吉野せいさんを憶う」　『いわき民報』　昭和五十二年十一月十八日
新藤謙「吉野せい再論――生誕百年に寄せて――」　『河北新報』　平成十一年八月三日
山本稔「百姓女のしんじつ貫く」　『東京新聞』　平成十一年十月二十四日
加藤健一「思索の森〈27〉吉野せい」　『河北新報』　平成十三年五月六日
長谷川由美「『洟をたらした神』が世に出るまで①〜④」　『いわき民報』　平成二十三年二月三、九、十七、二十四日
梯久美子「愛の顛末　吉野せい①〜⑤」　『日本経済新聞』　平成二十七年一月四、十一、十八、二十五日、二月一日

〈その他〉

「劇団手織座第三十六回公演プログラム『天日燦として』」　劇団手織座　昭和五十一年七月
「劇団手織座第三十八回公演プログラム『洟をたらした神』」　劇団手織座　昭和五十二年十一月
お話／吉野誠之、聞き手／玉手匡子「菊竹山にて　母との思い出」　『いわき市立草野心平記念文学館』第四号　平成十二年三月
小野浩、西山領子編『三野混沌展 図録』　いわき市立草野心平記念文学館　平成十二年九月
白井欽一、高草陽夫対談「三野混沌とその時代」　『いわき市立草野心平記念文学館』第六号　平成十三年三月
北条常久講演「いわきの詩風土と草野心平」　『いわき市立草野心平記念文学館』第十号　平成十五年三月

長谷川由美、塚本剛編『生誕百年記念――私は百姓女――吉野せい展 図録』 いわき市立草野心平記念文学館 平成十六年三月
いわき市立草野心平記念文学館編『山村暮鳥展――磐城平と暮鳥 図録』 いわき市立草野心平記念文学館 平成十七年七月
いわき市立草野心平記念文学館編『没後40年記念 吉野せい展 図録』 いわき市立草野心平記念文学館 平成二十九年十月
菊地キヨ子編『菊竹山記 吉野せい作品集 1993年以降（詳細年不明）』 いわき市立中央図書館 発行年無記載

あとがき

人におすすめの本はないかと聞かれたとき、これはと思う人には、吉野せいの『洟をたらした神』を読んだかどうか尋ねることにしている。

もしまだなら、これから素晴らしいものに出会えると伝えて、後は黙ってきた。読んでもらいさえすれば、その理由が自ずと伝わると思うからだが、ほんとうは、その核心を言葉でうまく表現できなかったからだったかも知れない。

本書は、その理由にわたしなりに答えようとしたものである。

しかし、書きだしてみると、それは思いがけなく難渋した。作品を読み、資料を隈なく当たってても、自分のうちに呼びさまされるものが、すでに誰かがどこかで言っている域を出ない気がするのだ。はじめて作品の舞台である菊竹山を訪れてから一年が経っていた。

わたしが事新しく書く必要などないのではないか。そんな思いにとらわれて、もう一度菊竹山に立ってみようと、一泊の予定で出かけたのが平成二十三年(二〇一一)三月十日だった。その日はせいの結婚前のゆかりの地を巡り、資料を求めて立ち寄ったいわき総合図書館で、運良く『三野混沌展 図録』を編んだ小野浩氏に出会い、貴重な話を伺うことができた。

そして、翌十一日、菊竹山のせいの住居跡を訪ねた後、阿武隈山系の山上にあるいわき市立草野心平記念文学館でせいの資料を閲覧しているとき、わたしは今まで経験したことのない大きな揺れに襲われた。東日本大震災と呼ばれることになる大地震である。

道路が寸断され、帰るに帰れなくなったわたしは、その夜、泊めてくれるホテルを探し歩いて、ようやく宿を確保した。その部屋のテレビに映し出された大津波の映像で、わたしは初めて海辺を回ってから山上を訪れた自分が数時間の差で命拾いしたことを知ったのだった。

やがて原子力発電所の大事故も明らかになった。

余震のなか福島の夜をさまよった経験は、何と言えばいいのか、命の儚さのようなものを実感させ、わたしのなかの何かを揺り動かして、せいの文学に出会ったときの原点に立ち返らせた。

たとえ結論が今まで書かれたものと同じになっても、それはそれでいいではないか。わたしはわたしのなかに呼びさまされたものを、ただ忠実に書きとめればいいのだと思い直した。

結局、書き上げるまでに十年近い月日を要したが、せいの作品が成るまでの歳月に比べれば如何ほどのこともない。

この評伝を通して、実際に吉野せいの本を手に取って下さる方があったら幸せである。

写真掲載にあたっては、いわき市文化振興課といわき市立草野心平記念文学館の方々にお世話になった。掲載を快く許して下さった吉野せいのご遺族・吉野誠之氏と草野心平のご遺族・草野智恵子氏にも深く感謝したい。

宵空に輝く星を描いた小堀四郎氏の「無限静寂（宵の明星―信）」を装画とし、美しい本に仕上げて下さった鳥居昭彦さんにも感謝の念を捧げたい。

私見だが、若き日の吉野せいは、「どこ迄も美しく正しくしたい」という願いを込めて、ペンネームに気高さの象徴である星（せい）の文字を当てた。絵のタイトルが、せいがもっとも尊んだ「信」であるのも感慨深い。
絵の使用をお許しいただいた小堀鷗一郎氏、世田谷美術館にも、合わせてお礼申し上げたい。

令和元年 六月

小沢美智恵

装幀　　　シングルカット社デザイン室

装画　　　小堀四郎「無限静寂（宵の明星 ― 信）」〈1977　油彩／カンヴァス〉

小堀四郎 ――（1902―1998）名古屋生まれ。愛知一中を経て上京。安田稔、藤島武二に師事。東京美術学校（現東京藝術大学）西洋画科卒。美術学校の主任教授には黒田清輝、同期には猪熊弦一郎、小磯良平、荻須高徳、牛島憲之らがいた。西洋画科同期生と「上杜会」を結成。第8回帝展（1927）で「静姿」が入選。翌年から5年間パリに留学。帰国後大規模な個展を開催するが、帝展改組に伴う美術界の混乱を機に、恩師藤島武二の助言もあり、官展を離れる。以降、生涯、画壇に属さず、上杜会に年一回出品するだけで、孤高の画家としての道を歩む。作品のほとんどは求められても売ることはなく作家の手元におかれた。夫人は森鷗外の次女・小堀杏奴。現在、その作品の多くは「世田谷美術館」「豊田市美術館」等の所蔵となっている。

協力　　　小堀鷗一郎／世田谷美術館

写真提供　いわき市立草野心平記念文学館（71、163、213頁）

初出掲載誌

「屹立する物語――吉野せい（その一）」『ちば文学』第16号（2016年12月）
「屹立する物語――吉野せい（その二）」『ちば文学』第17号（2017年8月）
「屹立する物語――吉野せい（その三）」『ちば文学』第18号（2018年2月）
「屹立する物語――吉野せい（その四）」『ちば文学』第19号（2018年9月）

小沢美智恵（おざわ・みちえ）

一九五四年、茨城県北茨城市生まれ。

千葉大学人文学部人文学科国語国文学専攻卒業。

一九九三年、小説「妹たち」で第一回川又新人文学賞受賞。

一九九五年、評伝「嘆きよ、僕をつらぬけ」で、第二回蓮如賞優秀賞受賞。

二〇〇六年　小説「冬の陽に」で、第四九回千葉文学賞受賞。

著書に、『嘆きよ、僕をつらぬけ』（河出書房新社 一九九六年一月）、『響け、わたしを呼ぶ声』（八千代出版 二〇一〇年一〇月）、短編小説集『遠い空の下の』（シングルカット社 二〇一五年一一月）などがある。

評伝 吉野せい　メロスの群れ

発行日：2019年7月8日　初版第1刷
　　　　2020年6月5日　　　第2刷
著　者：小沢美智恵
発行者：鳥居昭彦
発行所：株式会社 シングルカット
　　　　東京都北区志茂1-27-20　〒115-0042
　　　　Tel: 03-5249-4300　Fax: 03-5249-4301
　　　　e-mail: info@singlecut.co.jp
印刷・製本：シナノ書籍印刷株式会社

 Printed in Japan　ISBN9784-938737-67-2　C0095